早开的苹果花

潘湃 著

新疆青少年出版社

图书在版编目(CIP)数据

早开的苹果花 / 潘湃著. -- 乌鲁木齐：新疆青少年出版社, 2022.5(2023.5 重印)
ISBN 978-7-5590-8368-5

Ⅰ.①早… Ⅱ.①潘… Ⅲ.①短篇小说-小说集-中国-当代 Ⅳ.①I247.7

中国版本图书馆 CIP 数据核字(2022)第 026396 号

出 版 人	徐 江
选题策划	郑 莹
责任编辑	郑 莹
书籍设计	吾荣娜
插　　图	罗慧琴

出版发行	新疆青少年出版社有限公司
社　　址	乌鲁木齐市北京北路 29 号
邮政编码	830012
电　　话	0991-6239231(编辑部)
	0991-6239241(发行中心)
网　　址	http://www.qingshao.net
经　　销	各地新华书店
法律顾问	王冠华 18699089007
印　　刷	河北环京美印刷有限公司
制　　作	非凡印艺图文工作室
开　　本	880 mm × 1230 mm　1/32
印　　张	6.75
版　　次	2022 年 5 月第 1 版
印　　次	2023 年 5 月第 2 次印刷
书　　号	ISBN 978-7-5590-8368-5
定　　价	26.00 元

CHISO! 版权所有，侵权必究。印装问题可随时同印厂退换。

目录

朋　友 …………………………… 1

青疙瘩 …………………………… 45

奶　茶 …………………………… 73

早开的苹果花 …………………… 119

狼　事 …………………………… 163

小说二题 ………………………… 196

朋 友

一

我有不少哈萨克族塔穆尔(朋友)①,都是我当牧马人的时候偎下的,而最铁的塔穆尔要数马把式桑斯孜拜。

最初认识桑斯孜拜,那是我刚当上牧马人,转场去夏牧场的大龙口上。

那天,畜群来到大龙口的时候,遇上了山洪,看到那张牙舞爪、横冲直撞、恶势势的洪水,我的头一下子膨大了,只觉得晕昏昏的,心跳不止,眼睛发花,没了主意,这种情况我是从来没有遇到过的。

---

① 本书大量使用方言、土话等,为保留其语言特色,部分词语写法遵循作者习惯。

早开的苹果花

在两个小助手穆哈尔、铁柱子的建议下,我硬着头皮,试着将畜群强行吆了几次,但它们怕洪,硬是左躲右闪地不下水。再一说,真要强过,怕畜群中经过一冬天冻饿瘦弱的小牛小马被洪水裹挟而去,而要是不过呢,这百多头牲畜拥来挤去的,随时有被挤下山崖的危险。我与两个小帮手对望着,六只眼睛痴呆呆的,到了欲哭无泪的绝望地步。

大龙口是开坎仁河的出山口,山口两岸是百丈悬崖绝壁,被郁郁葱葱的山林所覆盖,开坎仁河像一条巨龙横卧山间,尾东南头西北地闪着粼粼银光,把滚滚山水,放逐山外,扑向数万亩农田的丰腴怀抱而去。而若逆向进了大龙口,就会是一番别样天地,溯源而上,你将看到的是重重叠叠的沟壑和一望无际的原始森林,这便是阳布拉克牧场最肥美的高山草场,我所驱赶的畜群便是奔这个草场而来的。

无助的我,望着大龙口,望着渐渐坠落西山的太阳,心中七上八下的,不知该如何是好。正在这时,迎面大龙口里闪出一匹乘骑,是一匹高大的胸宽头仰的豹花大骟马,马上坐着一位头戴狐皮尖尖帽、身穿黑色灯芯绒袷袢的哈萨克族汉子,他站在对岸,高声对着我喊话。

他喊道:"毛主席万岁!"我们急忙应道:"毛主席万岁!"那时的礼行是路上遇见人了,都首先要喊"毛主席万岁",你到供销社去买东西,哪怕是买一盒火柴呢,也必须首先喊"毛主席万岁"。

河对岸那人接着喊叫:"哎!阿衣达,阿衣达!"意思是"吆!吆上过啊!"他还举起马鞭向我打着招呼。我摇头做个无奈的动作,他再二话没说,便两腿一磕鞍鞒,扯钗抖缰,那马便毫不犹豫地扑进洪水向这边奔来。洪水涌上了马肚子,溅起的浪花扑了那人一身,但看不出他有丝毫的怯意。

他过得河来,忙说:"赶快过,越晚洪水越大,再过不去就会有大麻达(麻烦)了。"他的汉语说得还算地道,意思我都能听懂。我说:"吆了几次,它们怕洪,不下水啊!"他问我:"原来那个老吉勒克齐(牧马人)呢?"他指的是老薛。我说:"他病了,住院了,来不了了。"

他"哦"了一声。只见他锁眉略加思索后,便动作了起来。他首先将食指和中指放在嘴里,打了个炸响的口哨,只见散乱无序的马群立即都警觉地抬起了头,两个马群的把群儿马急忙应哨声嘶鸣了起来,马群开始抱团。

那人说:"我在前面领路,马群跟上我先过,牛群紧跟上,你们三个人吆紧一些,要一口气地吆过去。"在这种情况下,我除了从心底里感激他,再就是像下级服从上级一样,照着他说的做,不再有半点迟疑。

河中翻卷的浪头似乎比刚来时又高了一些,他说:"事不宜迟,抓紧时间,为了平稳过渡,再把畜群向上游吆一下。"那地方河道宽一些,河水自然也浅了一些。

然后他拍马走到马群前头,先下水引领,口中不断地"嘚儿、嘚儿"地叫着。说也怪,马群好像听懂了他的召唤一样,不再胆怯,都打起了精神，纷纷扑下了水。它们一个紧挨一个的，小马在上水，大马在下水，小马紧靠大马，水冲倒了再翻起来，像互相搀扶着一样，马群终于安全地越过了洪水，抵达彼岸。

牛群过的时候，有一头老黄花乳牛自告奋勇走在前头，其他牛紧跟着，像拧成一股绳似的冲浪而过。正在我沾沾自喜、抚掌庆幸的时候，一头三岁子脖牛娃子，由于平时不安分，经常仰着头嗡着鼻孔乱串群，无节制地谈情说爱、寻花问柳，把个孬身身子给搞垮了，瘦弱得走起路来都打瞌睡，它落在了队伍后面，当走到洪水中间时，猛地一个浪头打来，它栽到了水里，向下游飘去。

我想这下就完了，干着急没办法，眼看冲到一个聚水槽里了，若冲下聚水槽，就连吃一口死牛肉的份儿都没有了，因为那个聚水槽很深，一旦有物件被卷进去，就浮不上来了。

在我眼巴巴无望的时候，只听耳边"嗖"的一声，见那汉子一甩手，一根套马绳唰地撒了过去，像伸展的弹簧钢丝圈，一圈套一圈地伸展开去，不偏不倚地套在了小牛的脖子上，接着他把套马绳压在镫扎皮（拴镫的皮扣）下，来了个人马180度的大转身，驱马向前，硬是将小牛捞出了洪水。

"啊呀，"我说，"真是谢天谢地了！"小牛挣扎着站起身，咳嗽了几声，望着那汉子伸长脖子哞地叫了一声，好像也在说："谢谢你了，大叔！"一场出奇的灾祸就这样化险为夷。

我所落户的队，是天山脚下一个半农半牧的生产队，队上除了十多匹耕马和十多头耕牛外，还有属于畜牧业部分的两个儿马吆的两把子畜马和几十头畜牛,或者叫生马子、生牛子,它们和耕马耕牛是俨然有别的两条生产线,顶着全生产队的半份子家当呢。只不过,生产队没有自己的畜牧草场,既没有冬草场,也没有夏草场,日子不好过,必须与占据天山的高山草场和湖地边的平原大草场的阳布拉克牧场互通有无,借用他们的草场,穿插放牧,求得生存。

阳布拉克牧场是以哈萨克族牧民为多数的行政区域,也是生产单位。我上大学的时候学的是维吾尔语,学得不咋好,半生不熟的,实际工作中,又接触了哈萨克语,算是多少懂一点,充其量也就是能听能说一些似是而非的日常用语,比如说路上走渴了,遇到哈萨克牧人的毡房,要着喝一碗酸奶子的本事还是绰绰有余的。我到东吉尔生产队后,队长、支书也不管我是啥样的身份,啥样的来头,立即派我去当牧马人。

其中有两个关键性的因素,恰巧碰到一块儿了。一个是昨天听到风声,说是开山了,夏牧场启动了,可以转场进山了,这是刻不容缓的大事情,因为家门口的饲草已连劣麦草都喂光了,牛马饿得啃吃自己的粪便了,所以,转场进山是当前的头等大事。再一个原因是老薛病了,老薛是有着十多年"工龄"的老牧马人了,由于长期出滩放牧,冬夏不误,风雨无阻,患上了恼人的类风湿关节炎,不得不去住院治疗,我的到来,恰好碰上了这个空缺。而我呢,除了懂几句哈萨克语外,对于放牧来说,是十足的牧盲,我身上可以说是一无可取,别的不说了,连个马也不会骑。

可队长、支书看重的是我懂点哈萨克语,他们认为,去哈萨克族牧民的牧场放牧,不懂哈萨克语,那等于瞎胡闹,那是寸步难行的。我再三地推辞,他们则不厌其烦地给我做工作,他们说,只要我去接上头,搞好关系,其他的由穆哈尔和铁柱子去做。其实呢,只要牛马一进山,就是它们的天下了,偌大个不知深浅的大草原,哪儿吃草、哪儿喝水、哪儿夜宿、哪儿舔硝吃盐,根本不用人管。马群由把群儿马管的呢,它比牧马人管得好,牛群由德高望重的老黄花乳牛领着呢。十天半月地骑马去各沟各汊里察看一下,过过数儿,打打招呼就行了。

照他们的说法,是很容易的,可我心里黑的呢,一丁点儿信心都没有,但又不能不接受下来,心想,豁出去了,当我这个大学生,再从小学一年级从头学起,就不要自己难为自己了。

畜群进了大龙口以后,那人说他有一件急事要去湖地牧场办理,他扬手给我打了个招呼,说了声"塔穆尔,和什!(朋友,再见)"一闪身转过大龙口山嘴子,不见了。

那人唤我"塔穆尔",就是"朋友",在那个人人自危、兄弟成仇、夫妻反目的非正常时期,能有人唤我一声"朋友",我心里热乎乎的。穆哈尔和铁柱子好像对这人有些了解,他们说,这人叫桑斯孜拜,是阳布拉克牧场的马把式,他还是一个会驯鹰的人。我这人一向崇拜猎人,我特别喜欢打猎,桑斯孜拜这个塔穆尔,我不仅感激他,还对他发生了浓厚的兴趣。

二

据说,我们农区的畜群进山,最难过的关口是"卡木扎"这一关,卡木扎是阳布拉克牧场安排的把守山口的把关员,这就相当于山林由国家安排的护林员,这草场由牧场安排的护场员,我们叫把关员,谁的畜群能进山,谁的不能进山,都是卡木扎说了算。他是见条子放行,没有条子的,那是铁扇公主的芭蕉扇子——往远里远里扇,那条子掌握在牧场场长的手里。这老头儿长得像只瘦猴子似的,瘦肌麻秆的,不过两个胳臂很长,伸开来就像只站在地上的长臂猿,当路一挡,你别想过得去。由于他忠于职守,几十年如一日地把守在山口上,就像一把将军锁,锁在了山门上,很得牧场领导信任,也使一些惯于偷牧者胆怯发毛。

进了大龙口,要到我们的畜群驻扎的营地——焦勒沙衣,还有很长的一段山路要走,我们所担心的事还是发生了。当我们转过头一个塘湾,向第二个塘湾前进的时候,有人挡住了我们畜群的去路,我以为是那个大名鼎鼎的、听着都叫人头疼的卡木扎呢,却原来是一个妙龄女子骑马挡在那儿。事后才知道,那一段时间里,哈木扎去了阿勒泰,寻亲访友去了,就由他的大丫头把守山门。这丫头顶多也就是十五六岁,她骑一匹老鼠皮色的马,那马怪有性头的,嘴嚼着铁钗,不停地甩头摆尾,四个蹄子捣鼓着,随时准备着,只要稍一放缰,它就会飞出去似的。

"为什么要挡住我的畜群?"我走到丫头跟前,问道。

"毛主席万岁!"她说,"场部安排在第二个塘湾里至少要放牧三天,才能进宽草场,最后到焦勒沙衣。"

"可是这里的草都被前面进山的畜群吃光了啊,让它们啃石头呢吗?"

"那我不管,按规定办事。"她漂亮的脸蛋儿装扮成冷凛的模样,但仍然掩饰不了少女的稚气。

穆哈尔神不知鬼不觉地给把群儿马出了个啥点子,紫儿马耳朵一抿,眼睛利刀似的,低头吆赶马群,那些大骒马小骒马见它威严地低头抿耳,都吓得屁滚尿流地向树林里钻去。那丫头拍马去追赶,不仅没追上,还险些被儿马甩上一蹄子。

马群前面一冲,后面的牛群也启动了,被牛倌们戏称为佘太君的老黄花乳牛走在头里,其他牛紧跟着,鱼贯而行,浩浩荡荡,直指焦勒沙衣目的地。那姑娘左拦右挡,手里的鞭子举得高高,却没有一丁点儿威力。看来她也知道,只要挡着了老黄花乳牛,就可以把整个牛群挡着,可老黄花乳牛只是个抵着头、闭着眼睛往前走,姑娘拿鞭子在头上掸一下,又掸一下,就好像给掸痒痒似的。老黄花乳牛多大岁数了,它经历的事情也太多了,它心里一定是想,这姑娘和所有哈萨克女人一样,都是心善的人,不会随便动手打牲畜的。

结果,姑娘让步了,我走到她跟前,说:"克孜巴拉,齐恩达,奥亚特包娄。"意思是说,"小姑娘,实在是对不起了"。姑娘吃惊地望了我一眼,那大约是她没想到,我会说哈萨克语,而且这几句还说得地道。其实,"对不起"一词是我进山前特意学来的,我想处在人檐下,这话肯定用得着,而且用的频率一定不在少数。你看,这不就用上了。姑娘望着我,说:"你还叫人家巴拉呢,你才多大啊?好吧,这次我放过你们,算你们运气。"(她说的是哈萨克语,我的两个小助手听不懂)随后,她脸一红,掉转马头跑走了。是的,我那时也就二十多岁,面相上看,也还是个巴拉(尕小伙)。

三

顺利地进山,不是我的功劳,但我们还是得到了奖励,许成才队长给我们用一头四岁子乳牛换来了一顶二成新的毡房,那可是太有面子的事啊。农区一般来阳布拉克高山草场放牧大小畜的生产队,都是通过个人关系进山的。由于求人办事,难免低声下气,所以那些牧马人、牧牛人都只是低人一等,不像居家过日子的样子,将将就就,进山带来几块破毡片子,从森林里捞上来几根松杆子,搭起一个马脊梁木架子,上面用毡盖住,就可以住人了。既不遮风也不避寒,下雨刮风的日子,连饭都吃不到嘴里,来个客人,有站处,没坐处,十分寒碜。

焦勒沙衣整条沟,住着四五家农区生产队的牛房子,一个离一

早开的苹果花

个相距不远,一色的地窝铺(地窝子),大都把窝铺搭在一棵挨一棵的硕大的雪杉之下,如果放在城郊的话,一定是贫民窟的角色。马二和潘苔的窝铺前经常放着一截大木头,直径都在七八十公分以上,他们将木头用火煨着,抽烟做饭都是它了,一到晚上,下山风一下来,就吹起了火苗子,红艳艳的,既暖和又亮堂,牧马人就围在一起天南海北地谝闲传了。那木头很瓷实,慢慢地煨着,赶到牲畜下山,还煨不完。低人一等有低人一等的智慧,这山里的木材消耗在山里,只要不出山,谁也寻不上你的茬儿,有时候护林员来这里寻着抽烟喝奶茶,看着了当着个没看见。

我们队的队干部舍得给牧马人置办一顶毡房,那可是破天荒的历史啊。在老百姓那里,把牧马人叫马倌,把放牛的叫牛倌,既然沾上个"官"字的边儿,那么,我们这些个牧马放牛的,互相间也该称呼"同僚"了。我们有了毡房,"同僚"们都很眼馋,还说:"老湃这家伙,虽然是下台干部,还真是'骆驼卧下的地盘子大呢',我们也要沾沾光,回生产队嚷嚷走,都是牧牛放马的,总不能一锅里做两样饭吧,不给我们买毡房,这牲口谁有本事了谁放去。"

毡房是一峰骆驼驮来的,四块墙子,一个房顶,两片大毡,房杆子绳索一应俱全,还带一个"巴卡",就是一根带有几个杈杈的柳木棒,相当于房里的衣架。送来毡房的是一个年轻妇女,这女人高高的个子,白净的皮肤,站在那儿,就像一棵青翠欲滴的雪松,见人眉开眼笑的,不由你不觉得亲切。许队长和这家人是老"塔穆尔"关系,她们家住在穆孜得克沟,即冰沟,她家早看上了那头四岁子花乳牛,那是老黄花乳牛的重孙子辈,这一门子乳牛揽膘、乖爽、奶多还好挤,能用一座半新不旧的毡房换得这样一头好乳牛,是她们求之不得的事,所以,就把原毡房上的零件都收拢来了。作为哈萨克妇女,骨子里是爱惜自己用过的毡房的,出让给别人也是忍痛割爱啊。

搭建毡房也是一件很有学问的事儿,我们虽然见过,但没有亲手搭建过,那位妇女说:"还是我来帮你们搭建吧,这也算是最后一次抚摸我的毡房了。"说着,眼睛里似乎有点湿润,好像在与自己心爱的孩子告别似的。

毡房搭建在了一个沟口的平掌子上,沟口流过一渠山水,清澈得能见着渠底晶莹透亮的碎石,潺潺之声,不绝于耳,柔润得如一曲天籁。那女人极其干练麻利,先竖起四块墙子,墙子如弹簧般能开能合,是山柳做的,上面有刀雕的花纹,十字处用生牛皮皮钉连着。一块墙子约有三米长,带点弧形。墙子与墙子之间用细毛绳绑着,房门留在东面,可避风避雨。房墙子上有32个头,房顶一圈有32个眼,用32根房杆,一头一眼一杆地装连起来,将房顶撑在半空中,一个圆锥形的毡房骨架就搭建起来了,最后把两块大毡片牵拉地附在上面,这就是游牧人世世代代赖以生存的高贵殿堂了。

就在毡房刚搭建成之后,有一位少女来到跟前,我抬头一见吃了一惊,她不是别人,正是我们刚进山时,在第二道塘湾里遇见的那位骑马拦截我们的姑娘,她是卡木扎的大女儿。

我疑惑她是来找我们麻烦的,拿眼瞪着她,她却笑眯眯的,说:

早开的苹果花

"咋的,不欢迎我啊?"只见穆哈尔忙近前去接她手里提的那只茶壶,而抢先被那位大嫂接过去了,她斟了一碗,自顾自地喝了起来。她说:"英巨卡来得正好,搭建房子都快把我渴死了。"也真是的,她拉骆驼送毡房来,一口水也没喝,就一鼓作气地搞搭建,忙得脸上汗淋淋的,能不渴吗?不过,我还是一直疑惑着,我想她不会放过我们的,因为她是卡木扎的女儿呀,有其父必有其女,我暗暗思谋着怎样应对她。但是,出乎我的意料,经穆哈尔解释我才闹明白了,原来她是按照草原游牧民族的传统习俗,来给我们送奶茶来了。

我们也有些渴了,嗓子眼里冒烟,口唇干裂。那大嫂喝完一碗后,也顺手给我斟了一碗,由于口渴,我也没有谦让,就端起一饮而尽。嘿!我咂舌品味了一下,觉得那奶茶无比的芳香,那种香味几乎是无法用语言描述出来的。

应该承认,我不是第一次喝奶茶,但喝这样香甜的奶茶,回数不多。也可能是我真的渴了,正像有人说的,当你特别饿的时候,吃油炸驴粪蛋儿也是香的,也许就是这个道理。但我自忖,当下对饥饿的感受还没到那个严重的程度,所以说,那是一种我从来没有消受过的货真价实的香。曾有人说过,哈萨克女人烧的奶茶就是香,我真正体验了,那是祖祖辈辈的积累啊,这除了山清水秀的环境和花草化汁的奶水构筑了那香甜的精髓外,我想,还有一种情分在里面,就是一种极其珍贵的草原游牧民族互相爱护互相帮助的情分在里面。据说,哈萨克族,不论认识不认识,只要你路过登门,即使他们的生活再困难,也要烧一壶热腾腾香喷喷的奶茶招待客人。他们过着逐水草而居的游牧生活,数千里的放牧线上,不论春夏秋冬,雨雪风沙,要不停地游走转场,前面转场扎驻的人家,只要远远地看到有畜群转场路过,不管是谁,哪怕是曾经有过节的人,也要早早烧下一壶奶茶,笑盈盈地迎上去,一碗一碗地斟上,捧给他们喝,让他们热乎乎地继续赶路。

多么美好的情愫啊!这不,这位我刚知道她名字叫英巨卡的姑娘,昨天我们进山没按规定办事,硬闯了进来,她不仅没来找我们算账,还送来喷香的奶茶,能不使我们受到自责和感动吗?

从此,那小姑娘英巨卡,就成了我们马房子上的常客。

四

我们是较早进到焦勒沙衣夏草场的大畜群,我们的牲畜吃上了一年一度最为肥美的头茬草,牛啊、马啊几乎是不挪步地低着头在那里闷吃,水就在近旁,吃饱了喝,喝好了卧,睡好了再翻起来吃,牛马都跌到了福窝里了。

我们进山是刚开山的农历五月份,春草长起来半尺高,那是自然界情窦初开的季节,山地草原上姹紫嫣红,一片花的海洋,花花草草们知道山区的夏季短,它们争着抢着抢时间,疯长着,争着早孕育,早开花,早得籽,所以头茬草是最香甜的,也是最富营养的。英巨卡姑娘之所以把我们的牲畜拦在二道塘湾,就是等他们本场的牲畜进山来抢头茬草,姑娘没有错,因为那是人家的草场嘛。

这两天卡木扎访亲回来了,老头儿去把守山门,英巨卡一有时间就往我们毡房里跑,全因为我会几句哈萨克语,能谈得来。她是县城第三中学的二年级学生,现在停课闹革命,她胆子小,没有跟上去闹,就回到了山里,有时顶上父亲守守山门,多的时间困在毡房里无所事事。她还是个玩娃娃,哪里能在毡房里蹲得住呢。

她每次来,都手不空着,有时带一包乌勒穆其克,这是一种用羊初乳或牛初乳烤炙成的乳制品,黄色的,很好吃,不过不能贪吃,或者蘸着酥油吃也行,不然就会使你肛门大受痛苦的。要么你就多准备一些开塞露或蓖麻油,要么你就得用手指头往外抠,你别不好意思,那是对那些贪嘴饕餮者最好的惩罚。这是开玩笑的话,不要当真。

英巨卡有时来带几块库尔特,我们叫它"脑疙瘩",就是酸奶疙瘩。它是把经过发酵后提取了酥油剩下的酸奶渣用大锅熬制成的,刚熬好的用纱布过滤出来,软软的,很好吃,城里人叫它奶豆腐。若掰成碎块,在太阳下暴晒,就成了坚硬无比的奶疙瘩了,放上三五年不霉不腐。你别小瞧了这种不起眼的食品,它在哈萨克牧人眼里是最高贵也是最珍贵的食品,原因是这种吃食特别耐饥,孩子出滩放牧,衣袋里装上几小块,饿了啃上几口,很顶事的。哈萨克妇女在夏牧场上晾晒上一两达哈尔(麻袋),这放在过去岁月里,就是一冬天的吃粮,就是他们的生命线。哈萨克妇女有意识地把奶疙瘩做成圆坨坨,像圆形的饼干那么大,中间用线绳串起来,若远路上会亲访友,带一串奶疙瘩,那是最珍贵的礼物。亲戚朋友见到后,就知道他们生活好着呢:圆,就代表着圆圆满满。

这些知识都是英巨卡小姑娘介绍给我们的。这小丫头活泼可爱,能歌能舞,她还会唱京剧《红灯记》选段,她唱"都有一颗红亮的心",把个机智勇敢的小铁梅活脱脱地表现出来了。我问:"'我家的表叔'翻译成哈萨克语咋么唱?"她说:"比孜等奥提巴斯……波列……阿开穆……"她试着翻唱了好几次,入不到曲谱里,唱出来怪怪的,惹得穆哈尔、铁柱子笑得前仰后合的。

我们常讲,有来无往非礼也,其实,哈萨克族也是这样,"亲戚要常来往,朋友要常走动",为了答谢英巨卡小姑娘对我们的情谊,我与两个小助手到她家回访了一次。

她家离我们的住地不远,毡房坐落在河对岸一个不大的山包下,养着一只小花狗,房后用长毛绳縻着两只小布皂,即当年产的牛娃,那是挤奶乳牛的牛娃。我们走过去,那狗翻起身朝我们咆哮了几声,房门口出来了一位少妇,那狗便身子一歪躺过去呼呼地睡大觉去了。

我猛地打眼一看,那少妇长得很像英巨卡,清秀的脸庞,长长的睫毛,黝黑的长辫子掩在绿色的头巾之下,穿着小红花的连衣裙,上面套着紧身的黑坎肩,给人一种风韵袭人的感觉。我们来时,她正在从酸奶子皮囊里往外剥离酥油,我们说明了来意,送上了一块黑字砖茶和两包方块包子糖。

因为是第一次见面,少妇显得很不好意思。她铺开了斯尔玛克,即待客的花毡,礼让着我们坐在了上面后,她便外出烧茶去了。

我想这一定是英巨卡的姐姐,可穆哈尔和铁柱子却说是她妈,哦!我惊疑不已,我吃惊的,倒不是这少妇当不了英巨卡的妈,我见过的有的女儿比妈妈长得老相的不在少数,但我无法相信她会是那个长臂猿卡木扎的老婆!这怎么可能呢?这也太差乎了。卡木扎长得奇丑就不说了,这世上俊男配丑妇、靓女嫁浊男的比比皆是,但他们的岁数相差实在是太远了吧,卡木扎少说也接近七十了吧,而英巨卡的妈妈最多也不上四十岁。你想想,一个是鲜花一朵,一个是癞蛤蟆一个,两者咋么能摞到一起去呢?这都是背后的话,说不到人面子上去,喝了人家烧得奇香无比的奶茶,还嘀咕人家的汉子,深感自己的龌龊。

五

进山月余天气了,我们隔三岔五地要穿越原始森林,去各沟各汊察看牛马放牧的情况,有骒马产驹了,有乳牛产犊了,顺便带去硝盐,不少牲畜已等候在硝槽上了。人畜一理,对盐硝的生理需求是必不可少的,你若三天拘着不吃盐,你会知道是一种什么样的欲望在折磨你。有人问,这世界上什么最香?最准确的答案是盐,你细细地辨味一下,你再认真回味一下,还真是那么个道理。特别是高山牧场一带的牲畜,整天吃的是水草,也就是青草,若不舔盐,就会失去食欲,它们会很痛苦的。

一次,我与铁柱子察看完畜群,从乔拉克沙衣(半截子沟)出来,远远听到有敲击瓷盆的声音,寻声望去,只见三个老者,手拄木棍,沿着一条山林小道爬坡向另一个村落走去。他们的身后背着一块白布,很显眼的,那白布上面有的写着"土匪",有的写着"牧主"等字样,虽然离我们很远,由于写的是汉字,我还是认出来了。最前面那个人因为树林挡住,没看清写着什么。山场为偏僻之地,"运动"来慢了半拍,这里人少不说,还住得很分散,牧场场部的领导都拉到县城批斗去了,夏牧场上冷冷清清没人管。那三个老者,可能是自我革命精神好,自我批斗,自我游乡,也没人陪着,嘴里不停地说着什么。不过,走到谁家毡房,还是有人会给送上一碗奶茶的。

我一直记挂着在大龙口帮我们抢渡洪水的塔穆尔桑斯孜拜,那是帮了我大忙的人,总不能"媳妇娶进房,媒人撂过墙"吧。据我长期观察和研究,得出过这样一个认知:我认为哈萨克牧人一生辗转在艰难险阻的千里放牧线上,这种特殊的生存方式和生活环境决定了他们由衷地崇尚江湖义气,即济人之危,与人诚信,行侠仗义。他们虽不会飞檐走壁,但马上功夫了得。当然,我所说的行侠仗义不是像《三侠五义》上的南侠展昭、北侠欧阳春和《七侠下天山》中那样的侠客,但是大多数哈萨克牧人,他们骑在马上的那种凛然风骨,在与大自然种种磨难抗争的那种坚定意志,以及遇见不公挺身而出济人帮困的精神和热情好客的优秀品性，这不就是另一类型的江湖义气么，所以我很崇敬他们。

我很想去拜访桑斯孜拜，但听说他的马房子很远，离我们这里少说也有七道水之距。山里的路都是崎岖不平穿林越壑的，很不好走，对我这样自幼生活在城市的人来说，就等于"瞎子摸象"了。

有一次英巨卡来玩，我说起此事，她说她可以给我当向导，领我去。这好啊！求之不得呢。那天正好天晴气朗，说走就走，抓马备鞍，带上砖茶和方块包子糖，提鞭踩镫，抖缰出发，行进在了山场小道上。

进山以来，我的骑术有了很大长进，人说"吆车三年害怕呢，骑马三年胆大呢"，还真是那么回事。记得头一次骑马，我从左边上马，挨了老马的一嘴头，穆哈尔险些把哈巴子（下颌骨）笑掉了。进山是长途，吆着牲畜直走了一天，把尻门槽子啃烂了，裤头子糊成了血糊糊了，在地铺上趴了一个礼拜，把马鬃毛烧成灰，涂抹在伤处才长好的。不过，我并没有胆怯，而是迎难而上，把骑马糜在跟前，出门就上马。起先骑的是一匹老实墩墩马，三鞭子抽不出一个屁来，接着是一匹有点性头的马，开始练习跑步，小跑，颠着跑，最后是挖趟子跑，就是放展里跑，飞着一样地跑，嘿！那才得劲呢，飞跑起来，就有一种腾云驾雾的感觉。特别是有的走马，它那种特殊的步法，平稳得如坐小飞机一样，那种美妙的享受是无法形容的，可以上升到艺术的层面。肯定地说，那是一种使人难以效仿的舞蹈动作，还有一种韵味，使人陶醉。不过，这种艺术是需要骑者和走马共同来完成的,就是说,你要熟知马的秉性,要做到人马合一,马飞跑起来时,你要把所有的力气使在镫眼里,当马把口中的铁嚼环(通常叫马钗子的)用牙咬定的时候——这一点不用人教,马会无师自通的——你要把扯手(就是拴马钗子的绳)用双手用力抈着,这样一来,镫眼里使劲,钗口里使劲,就形成了一个三角形的着力公式,你的身体再随着马跑动的波浪韵律上下波动,那马会感到特别惬意舒服的。

骑者大都是十分钟爱自己的骑马的,把它看作自己的情人都不为过的。好草好料喂它,定时给它刷毛洗浴,修理鬃发,削甲钉掌,重要的是还要给它置办一副像样的鞍鞯,披挂起来。哈萨克牧民家中,其他家什都是共有的,但马鞍子各是各的,专人专鞍,小孩子到一定年岁,就要给他置办一盘马鞍子。过去,哈萨克牧民中有专做马鞍子的能工巧匠,一般都是采伐高级白桦木做马鞍,有轧铜条的,有轧银条的。马鞦马襻笼头钗子都用假银镶嵌,再加上带花纹的马鞯和铜丝马鞭子,这么一武装,骑在上面,人的感觉美得就不说了,那马也一定自会精神百倍的。

我们牧马人有牧马人的装备,我们用死牛的皮熟好裁成马鞯,用狍鹿子皮熟好鞣软当汗屉,要紧的是四个蹄甲要保留住,它不仅搭在鞍下的马背上不溜蹭,马走起来,还是一种装饰。再若在鞍后捎绳上绑一盘鹿颈皮滚成的套马绳,你骑马奔驰在大路上,远远地人就能认出来,嘿!那是个马把式!

我现在也可以称得起一个像样的马把式了,不仅自我感觉良好，连英巨卡小姑娘也称我吉勒克齐阿尕木（牧马人大哥）了。

六

我们整装出发，英巨卡骑她的老鼠皮色小走马，这马长得胸阔臀圆，鬃厚尾长，两个耳朵并拢直竖，不停地转动，像雷达在接受着警惕的信息，天门梁上的捃鬃像女孩子们用来遮掩毛洞洞眼睛的那朵刘海儿一样，修饰得是那么得体潇洒。从整体上看，它长得跟英巨卡小姑娘一样漂亮美丽，它是一匹机警灵巧的真正的代步骑马。英巨卡今天着意打扮了一下，她穿了一身绿色的裤褂，很合身，那是那个时代那个节点上年轻人们追求的时髦着装，像英巨卡这样年少稚嫩的小青年们，当然不可能免俗。

我骑的马，是一匹虎虎有生气的银鬃子紫马，是我们队的老牧马人老薛特意培育调教出的一匹"硬开功"大走马。这匹马在阳布拉克一带是很出名的，在哈萨克族的婚礼赛马会上拔过头筹，好多爱家要出高价收买，队干部们一直是打水不招溅，因为那是老薛的心爱，要给老薛留着，我运气好，就又留到我屁股底下了。我们牧马人都知道，骑马的身价，就是牧马人的身价，牧马人能拥有一匹特别攒劲的骑马，就会受到众星拱月式的拥戴，老薛就是这样一位角色。

山场地带，人烟稀少，很少有人对男女之间的交往说三道四，我多了个心眼,临走时,把穆哈尔带上了。穆哈尔是个回族小青年,也就十五六岁,爱放牲口,不爱上学,他爸拿鞭子吆不到学校去,也实在是没办法的办法,交由我带到山里来,反正现在是停课,放一段时间的牲口也好,我来慢慢地做他的思想工作。好在遇上了英巨卡这样喜欢学习的孩子,对穆哈尔会是个潜移默化的影响。

一路上,有时走阴洼,有时走阳洼,有时翻达坂,有时过沟涧,我们的鞍辔齐备,后有鞦,前有襻,三条马肚带,爬陡洼,下陡坡,都不在话下。小小英巨卡,就是山里的活地图,她选了最捷近的山路让我们走,也同时是最难走的路了,最终我才明白,这小小人儿,鬼点子还蛮多的,她是在考验我们的马上功夫。

我想,也好,记住我们走过的路线,记住经历的丛林、垭口、涧水以及险峻的峰回路转,对一个从事放牧事业的人来说,还是大有裨益的。因为我们和哈萨克牧民一样,也是采取散牧的方式,牛马吆进山里,就由它们自由地去采食,偌大个原始丛林,虽然马群是由吃把子的儿马管着,而牛则是三个一伙五个一帮的,和别人家的牲畜穿插过来穿插过去地走动,很容易走失。再者,山里的狼、熊、雪豹、猞猁等野兽也没有闲着,它们有时当小偷,藏在暗处把小牛小马捕杀了去喂它们的孩子。有时是强盗,来攻击我们的大牛大马,那样损失就严重了,放牧人要担待责任,最起码也要找到尸首,把皮子剥回来,给队领导有个交代,这是这个行业里约定俗成的规矩。前不久,马二老汉放牧的一头三岁子犍牛死在了哈熊沟里,是一位放羊的哈萨克族牧人发现的。这哈熊沟离我们住地已经很远

早开的苹果花

了,这脬牛可能是嗅觉,也就是鼻子的功能太强,隔山隔水十多里远能接受到发情母牛托风带来的求偶信号。

　　一人有难,大家帮忙,也是这个行当的好传统。一声吆喝,我们骑马翻山越岭去破案,一眼就能看出来,那是熊大哥干的坏事,它开肠破肚吃了些杂碎,听到我们喝喝嚷嚷地来了,它躲起来了。还没等天上盘旋的秃鹫落下来,我们就赶到了,那牧羊人就是看到秃鹫盘旋,才给我们带的信。

　　到哈熊沟的路真不好走,为了赶时间,我们也是抄捷路去的,虽然辛苦了一趟,不仅帮马二剥上了牛皮,大家还分得了不少牛肉,也是口福不浅啊。

　　虽然是操心地记路、记方位、记沿途的特征呢,可是三转两不转的,转得晕头转向了。因为是在原始森林里转悠,也辨不清哪儿高哪儿低,赶转出森林,打眼一看,原来走到了一个高高的山峰坡面上。朝脚下望去,是一道山沟,满坡的松林下面,似乎有一条大路,大路上行走的牲口如甲虫一般大小。我的头有点晕了,胆子有点撑不住了,穆哈尔快速地跳下马来,眼睛都不敢往下看。

　　我看到英巨卡偷着笑了一下。我那时候年轻,自尊心很强,豁出去了,你小丫头能过去的地方我就能过去,我是知道我的马的本事的。英巨卡说:"从这里下去,顺着大路再往上走一下,就是桑斯孜拜的马房子了,不然还得有一个小时的路程,弯着走下去。"我看着眼底下直上直下的陡坡,坡度最小也在45度以上,有两层台阶,每层约有10米距离,那上面没有路,有的是树和草皮。我审视了好一会儿,要从这儿下,必须从树空里走,只要马胆子正,人也不怯乎,把马头拨正,一个头朝下,不会有危险的。我选择好了路线,一抖缰,马扯手抟紧一摆,银鬃子紫马一点都不胆怯,开始下坡,其实是溜坡。它把两个前蹄子蹬展,后尻子坐在坡上,往下滑行,草皮上犁开了两道泥槽,接着我又下到了第二个台阶。英巨卡"啊!啊!派来(厉害),派来!"地喊叫着、笑着也下来了。

七

下到沟底,人马身上都汗淋淋的了,我们下马休息一下,不经意间,我抛眼看到我的紫儿马叱的一把子马群在路边一棵大松树底下歇荫。啊呀!这些鬼东西,有半个月没见上面了,原来跑到这地方来了,我不会打口哨,只好大声地吼叫,紫儿马跑过来一看,它也认出是我来了,它回应我嘶鸣了一声,便低头抿耳,把马群顺路吃了下去,下去就是我们的放牧地界——营盘梁了。

我们继续赶路,走到大路上了,不时会遇到行人走过,有骑马的,有步行的,有认识的,有不认识的。不管认识不认识,见面都觉得特别亲切,打个招呼问个好。多的时候是打问牲口的,见过啥样子的牛了没有？见过咋样子的儿马叱的一把子马了没有？如此等等,这就是我们放牧人的功课,这样一来,你就全局在胸了,你就知道你的牲口都在哪个地方吃草的呢,在哪儿睡觉的呢,在哪儿串门子打情骂俏的呢(我说的是脖牛)。

英巨卡这姑娘特别的有礼貌,见了大人有个大人的称呼,见了年轻人有着年轻人的热情奔放,特别是见了老年人,她都要下马来谦和地问候。不过,也有例外,当我们走得离桑斯孜拜的马房子不远处,遇到了一位五六十岁的哈萨克老人,老人胖胖的,留着几根山羊胡子,看起来腰勾着,脊背上鼓起个疙瘩。老人主动与我们打招呼,蛮热情的,可是,英巨卡低着头,把马抽了一鞭子朝前面跑走了,老人显得有些尴尬,我手抚胸前,表示对老人的致意,也就擦肩而过了,直追到桑斯孜拜的马房子跟前,才赶上了英巨卡。

下马,拴了马,我与穆哈尔进得毡房,只见先进毡房的英巨卡与这家女主人抱在一起酝酿亲热。她俩见我们进来了,便起身拉开了花毡,让我们坐了上去。英巨卡说,来得不是时候,桑斯孜拜今天早上才吆上马群转场到后山放牧去了,我哦了一声,没说什么,牧马人身上担子重,而且他又承担着三群近一百匹马的放牧任务,隔三岔五地就要转场,不可能消遣地待在毡房里等客来访,所以我并不感到意外。

倒是桑斯孜拜的克林且克(妻子),有点儿面熟,好像在哪儿见过,我快速地在脑子里过电影,到底还是记不起来。她站起身,个子高,腰身圆润瓷实,人很丰满漂亮且庄重。

我们带来的礼物,有两块茯茶,两包子方块糖,这在那个物资比较匮乏的年代,算是很长面子的,是队上花了老本套购的贵重品,交由我来疏通关系。还由我出钱从供销社朋友那儿购得的一公斤水果糖,是给他们家孩子吃的。那女人,嗨,我应该叫她桑斯孜拜大嫂,或者叫桑嫂,她听说是给她孩子吃的话后,掩嘴笑了起来。英巨卡插嘴说,但她说得很小心,她说:"我婶子没生过孩子。"

啊?是吗,我有点疑惑,就在这同时,我的脑际哗的一下,像划着了根火柴,亮了,我记起来了,我终于记起来了,就是她,还是那么漂亮、庄重。就在三年前,县城第三中学成立,这是一所为当地儿童建立的中学,当时政府资金短缺,家长们自动起来捐资助学,我当时在文教科工作。在捐资大会上,大会主持人宣布捐资人,我记住了其中的一位,就是阳布拉克牧场的一位牧马人,他的妻子代表他来,一次性捐资一万元。会场上立即响起了热烈的掌声。主持人接着介绍说,他们自己还没有孩子。大家听了后,都赞叹不已,接着又响起了雷鸣般的掌声。我当时非常激动,我穿过人群,特意去看了看这个了不起的女人,欣赏了她的芳姿,对,她就是这么漂亮庄重,坐在会场上首。我从此认定,哈萨克族是一个非常了不起的民族,是一个生生不息追求进步的伟大的民族。

我真庆幸,再一次见到桑嫂,我握着她的手真不知道该说些什么,为她的高风亮节,她宽阔无瑕的心胸。你可知道,那个时候,一万元是什么样的数字吗,那要多大的分量啊!那是他们夫妻俩的血汗钱啊!他们的舍得,而又不是为了自己啊!

见了桑嫂,我就等同见了桑斯孜拜塔穆尔一样,大龙口的那一幕我将铭记心间,这个塔穆尔我是交定了,后会有期。

八

　　喝了桑嫂的奶茶,是那么香的奶茶,吃了桑嫂煮的肉,是那么香的肉,还喝了桑嫂特意调制的马奶酒,啊!那是何等甜美的马奶酒啊!我陶醉了。但不仅仅是这样,我不知道是什么原因,我今天的心情是那么的好。我曾经大把大把地吃过手抓肉,也曾大碗大碗地喝过马奶酒,但却找不来今天这样的心情,我的心是那么熨帖,是那么温暖,还有激动。此时此刻,我觉得,总还缺点什么,缺什么呢?哦!缺歌,缺冬不拉。哈萨克朋友有两只翅膀,一只是骏马,一只是唱歌。我自告奋勇,先唱了哈萨克民歌《玛依拉》,桑嫂从房墙子上取下冬不拉,给我伴奏。他们也都知道,我这是在抛砖引玉呢,三个人都在期待着英巨卡为我们高歌一曲呢。

　　英巨卡今天的情绪有点低落,吃得少,喝得也少,和往常明显不一样。我刚进房门时,曾看到她紧紧地抱着桑嫂在亲昵,在说着什么,我以为那不过是一种见面的礼行而已,还看到她的眼睛有些湿润,隐约有泪痕。这好像也没什么,相好的女人们,是亲戚的,或是朋友的,时间长了没见面,一旦见了面哭哭啼啼的有,还有号啕大哭的,这我都见过,也是人之常情,也没有引起我的注意。可是这么长时间了,吃也吃了,喝也喝了,刚见面时的激动情绪也应该归位了,可她仍然不开心,我就不明白了。我想,她是个孩子,能有啥呢,谁知道她这阵儿念的是哪一部自寻烦恼的经呢?不管她,她不开心,就逗她开心,我们三人鼓掌,要她唱一个,她美妙的歌声我们都记忆犹新。

终归她是孩子,一阵风,她脸上的阴云就刮跑了。她说:"我唱《故乡》吧。"我问:"是汉语的还是哈萨克语的?"她说:"这是我自己写的一首歌,唱我的家乡阳布拉克,大意是这样的:阳布拉克是生我的地方,有肥美的草原,有英俊的小伙和美丽的姑娘,我要把它歌唱。我只能用哈萨克语来唱,请大哥和穆哈尔原谅。"

她要桑嫂给她伴奏,桑嫂不知道这歌的曲调,英巨卡就怀抱冬不拉自弹自唱了:

啊——
阳布拉克是我们放牧的地方啊
矫健的马儿奔驰在这肥美的草原上
英俊的吉格提像翱翔的山鹰一样
冷艳的克孜们似雪莲花含苞待放

啊——
我成长在这山清水秀的家乡
故乡的秀美永驻在我的心房
我愿借来百灵鸟的优美歌喉
弹着冬不拉,把我的家乡歌唱

这里需要注解一下,吉格提,是"小伙子"的意思,克孜是"姑娘",我们这里也叫"丫头",冬不拉是哈萨克民族的一种弹拨乐器。

她的歌唱完了,我们都沉浸在那对家乡捧心爱恋的歌声里。虽然歌词我没有完全听懂,但歌的内容我是知道的,英巨卡那表现出来的深情陶醉,那旋律的婉转悠扬,具有很强的感染力,我发现桑嫂在频频地揩拭眼睛。阳布拉克草原确实很美,但也只有全身心地拥抱它的人,用灵魂拥抱它的人,才能写出如此见心见血感天动地的歌,我对英巨卡刮目相看了,我甚至看到了她潜藏着的音乐禀赋和才气,从身体四围辐射了出来。我为她高兴,但转而一想,又能怎么呢,她很可能就是那岩缝中的一朵野花,等待她的是自生自灭罢了。

九

从桑嫂家出来,日已偏西,人肚子是吃饱了,马肚子瘪下去了。骑马的人都知道,该是放趟子的时候了。马的性头也来了,特别是我们牧马人骑的马,都是马群里挑选出来的,再加上精心地调教,精心地喂养,同时也培养起了感情,它就认你,它也亲你。我还发现,各人调教的马是不一样的,脾气不一样,走手不一样,就像作文写诗一样,各是各的风格。比如说,有的人骑在马上,绉绉的,像驮着一尊佛爷一样,那马走起来就循规蹈矩,四个蹄子显得僵硬,遇到渠沟、埂坎儿,容易打前失。有的人骑马屁股稍微坐偏一点,人显得潇洒,马走起来也很潇洒。还有的人在一个镫眼里给劲,有的人是两个镫眼里使劲,都习以为常了,形成了各有千秋的走手,如果给一个生人骑上,人不舒服,马也不舒服,所以,牧马人的骑马一般是不愿给旁人借的。

出了桑嫂的门,马看见我们就嘶鸣了起来,也许它们在暗暗地埋怨我们,你们尻子沉得很,一进毡房就不出来了。从拴马桩上解开缰绳,马就开始原地踏步了,显得很激动,或者说它们很兴奋更准确一些。我们把三条马肚带再紧了几个扣眼,似乎就给了它们信号,要放趟子。大多数骑马都喜欢争强好胜,不服输,牧马人常在一起拼趟子,就是比赛着玩,人虽然是闹着玩的,可马却是认真的,它们总是以拼死跑在最前头为荣。

翻上马,英巨卡的老鼠皮已等不及了,英巨卡使劲拽着扯缰,那马脖颈偏上身子侧上拨缰往前跑。"一马当先,万马奔腾",马就是这样脾性,只要有一匹马带头,其他的马都会奔跑起来。我们不是万马,就三匹马,三匹马中包括穆哈尔骑的那匹近二十岁的老黄骟马,相当于人类中的八九十岁的老爷爷一样的马,也不甘落后,甩头拨缰,奔跑起来。因为走的是大路,虽然也有坎坷,有高有低,但不会有啥危险,我们就放开了缰绳,我的银鬃子紫马,很快就超过了英巨卡的老鼠皮,只觉得耳边呼呼呼地,眼睛被风顶得只能眯着个缝缝,一气子飞上一个高坡才收着。英巨卡紧尻子赶到,马已

早开的苹果花

是一身大汗,鼻孔喘气,张得好大好大,马不停地围着人转圈圈,这也是很必要的,起到一种松弛缓解的作用,马好像是得到了一次情绪的释放,像过了一次瘾,眼睛里透出得意的异样光彩。

我们站在那高坡上放眼四望,山林静静地不起波纹,不事喧闹,舒适地接受着夕阳的爱抚,那远山,那近林,那座座毡房,净白得如朵朵刚顶盖的蘑菇,有的敞亮在绿草滩上,有的掩映在绿树林中。只见一绺绺的青如骢马鬃的炊烟袅袅升起,那炊烟,像哈萨克妇女头顶的纱巾随风飘舞,像情人手擎着手绢儿在招引,一种灵动的诗情汩汩而动,感染了我们每一个人。

我看到英巨卡脸上激起了淡淡的红晕,她触景生情,唱起了一首使我激动非常的歌,她是用汉语唱的,歌词是这样的:

  它蓝得像骢马鬃,
  它轻得像山羊绒,
  它美得像一炷心香,
  它清脆得像弹奏竖琴,
  它潇洒得像仙女的发辫,
  它飘然如一角绢巾,
  它深情得如情人的秋波,
  它纯朴得如边塞诗韵。

  它是一朵脱俗的花,

戴在草原云鬓。
它是一支悠扬的歌,
唱着生活的温馨。
它是草原发出的请柬,
托付着牧人好客的心。
它是草原福泰的笑纹,
贮进时代饱满的年轮。

歌声是缓缓地稍带点起伏的震荡落下去的,像雄鹰的翅羽在滑翔,落得很沉稳,落得有力度,落在了那突兀的岩石上,落在了伸出的树丫上,落在了我的心上。这首歌的名字叫《炊烟》,这是一首我已经忘却的歌,今天听到这首歌,我没有丝毫的心理准备,是不期而遇,所以,我可以用震撼这两个字,来形容我此地此时的心情。

这首歌的歌词是我写的,曾发表在一份地方文艺杂志上,大约是1965年琼吉县举办文艺汇演,有一位蒙古族音乐老师,漂亮的保琴老师,看好这个歌词,在征得我的同意后,她谱了曲,也由她亲自演唱,得了歌曲一等奖,还在地区举办的文艺汇演上得了二等奖。可是,过了不久,由于大家都知道的原因,这首歌连同我的其他文艺作品,被批判为"资产阶级情调",定性为"黑"文艺作品,因此,作品和作者都被当作垃圾打扫了出去。真没想到,在这从某种意义上来说,可以称得为荒天野地的地方听到有人在传唱,你想,我能不激动吗？热泪不禁涌向我的眼帘。我转过身,看着那稀疏的袅袅升空的炊烟,我感到是那么亲切,是那么欣慰,我觉得我值了。

英巨卡似乎发现了我情绪的异常,但我很快就遮掩过去了。应该说,唱好《炊烟》这首歌,是有一定的难度的,作曲者把它设定为蒙古族风格,四三拍的,为了加强它的抒情效果,用了不少装饰音,特别是落尾,她不是走惯常的约定俗成的拔高,而是采取了缓缓地下沉,这就要求歌者用延绵不断的气韵把那种深情送给听众,直抵他们的心底。

英巨卡再一次证明了她的音乐天赋,我为她高兴,也为她悲哀。

十

不久后,"运动"的大方向有了扭转,阳布拉克牧场派来了毛泽东思想宣传队,来的是琼吉县文化工作队的副队长兼乐队队长侯文如同志,还有演员段翠岚、张云霞和司马义等几个队员。侯文如是我交识多年的朋友,他不知听谁说的,我在焦勒沙衣当牧马人,他骑着一匹马来找我。

见面后,他说:"县'革委会'文教组正派人到处找你,现在文工队工作量大,据说,要调你去文工队当编导,你要有个思想准备。"

我自己心里清楚,这是迟早的事,不过,眼下这场"运动"还不明朗,我庆幸当下的身份和处境,我真的爱上了这份活计,暂时不想离开。

　　老朋友见面,而且是远道上来的客人,我们是不会放他走的。哈萨克谚语说,太阳落山放走客人,那个耻辱是河水洗不净的。肉我们有的是,各种乳制品有的是,吃了再让他拿上,他哪里享受过这样具有游牧民族风味的优越生活。我们的吾斯达(锅把式或炊事员)铁柱子,跟哈萨克妇女学的,烧的一口好奶茶,你喝上一回还想喝第二回。我还藏着一瓶黑字大曲的古城烧娃子(白酒),一直没舍得喝,今天派上了用场。只是人多酒少,河对岸的潘苕、马二也闻讯过河来了,他们也提溜着半瓶子,可还嫌少,那时候时兴划拳喝,酒少了就没意思了。我们这些山野之人,闲得没事干,就围伙在一起划拳喝酒,没酒的时候,也喝茶,喝酸奶子。为了尽兴,穆哈尔去泉眼里舀了一大碗森冰的泉水,把一瓶半烧酒掺和了一盆子,穆哈尔拿勺子像哈萨克妇女调制马奶酒一样,不停地翻舀。嘿!喝起来还别有风味,既不辣冲还沁心的淳厚,一直喝了个昏天黑地,酒足饭饱。听到狐狸在林子里叫春,惹得小狗们狂吠不已,估摸差不多快交五更了,就都横七竖八地睡了一毡房。

　　有好多日子,英巨卡没来我们毡房了,耳闻学校要复课了,可是才八月份,还没到开学的日子啊。我想,这姑娘,侯文如队长能见一见,听她唱一唱,该多好呢。可侯队长第二天安排下群众大会呢,耽误不得,天不亮喝了几碗奶茶就上路返程了。

十一

大约是侯队长来过的第三天,我与穆哈尔去营盘梁看马群回来,铁柱子说,上午英巨卡的妈妈来了,要借一盆子面。我们的面也不多了,剩下一口袋底底子了,我拿起来让她看,她再没说啥,就走了。我想,卡木扎家的生活不怎么好,四个孩子都还小,英巨卡是大丫头,可正在读初中,就卡木扎一个人挣些固定工分,分不了多少红,没别的收入。没面了,又没借给,那不就一家人挨饿了,我们队上给牧业上送给养的马车也该来了,我去马二处借了半袋子面骑马驮了过去。

来到卡木扎家,卡木扎不在,他妻子去山林中背柴刚回来,几个小巴郎有的放羊羔,有的牧牛犊。我下马把面口袋递给卡木扎的妻子,问:"英巨卡呢?"

她有些迟疑,脸上挂一丝勉强的笑容,她没有说话,只把头扬了一下,示意在房里。那女人把我让进房里,见英巨卡睡在床上,她像睡得很沉,没有发现有生人进来。

英巨卡的妈妈叫醒英巨卡,说:"英巨卡,吐尔,冒安利木开勒得。"我听出来了,她把我称呼为英巨卡的老师。英巨卡急忙翻起身,没站稳,险些栽过去,反手扶着房墙子,才没有栽倒。

看到眼前的英巨卡,我十分惊诧,看她发如刺蓬,衣衫不整,面容憔悴,两目无光,与之前相比,简直判若两人。

英巨卡没有料到我会来,显得很不好意思,她紧张地让着要我坐。我问:"病了吗?"英巨卡难为情地给我点了点头,可她妈却扑通一声坐在地上捂着眼睛哭出了声。

英巨卡的妈妈说:"丫头已经三天没有吃饭了,她跑出去整整一天一夜没有回来,把我吓坏了,她说她不想活了。"

我问:"究竟为了啥?"原来,卡木扎没和家里人商量,就把丫头嫁人了。

哦,是这回事啊。我听说后,心想,这也不是多么大不了的事啊,不同意了就一句话,拉倒,算了,何必这样寻死觅活的,干啥?我再问:"男方的情况你们知道吧,不合适了,还可以商量么。"

她妈妈说:"我家困难,姑娘大了,出嫁也是应该的,年龄大小就不说了,我不到十五岁就嫁给这死老汉了,那时候也是家庭困难,没办法,是火坑也得跳,就走了这一步,我直到今天这心里还窝着一包苦水呢,有谁知道呢?可现在和过去不能比啊,再一说,英巨卡她正在上学呢,前途要紧啊,这是人生一辈子的大事啊。而我家老头子是个驴脾气,倔得很,是家里的老虎,他说下的话就是钉子钉在铁板上了,丫头给他下跪求饶都不行,我看他非把我丫头逼死不可。"

英巨卡的妈妈越说越哭,越哭声音越大,好像要把多少年在家庭中郁积的苦痛倾诉出来。

我说:"找亲戚邻里和相好的朋友帮忙说说话了吗?"

她说:"难处就在这里,他们都向着老汉说话呢,我这个做母亲的,在家里就是个受苦的,说话不顶用,我找了好多亲戚,都摇头推脱,还说那家人家有钱,丫头大了嫁出去算了,你说,我有啥办法呢。"

"你没找找妇女队长吗,她应该出面保护妇女权益。"我说。

她说:"我也不知道该找谁,该咋办。再说,妇女队长住在穆孜得克(冰沟),离这里很远,我也去不了。"

"噢!"我说我记下了,又问,"这事情有多长时间了?"

她说:"三年头里就答应人家了,那时候我得了一场大病,没钱看病,向那家借钱,他们就提出这个要求,老汉就一口应承了下来,花了那家几千块钱。今年丫头还不满十八岁,还不到结婚年龄,他们要趁着现在很乱,没人管事,准备到下个月把婚事办了。"

我说:"胡整,还没有王法了!"话虽这么说,可我心里也虚着,我连自己的命运都掌握不了,我又能做些什么呢?但又觉得于心不甘,看到英巨卡这般模样,我也倍感心疼。英巨卡本人应该说对我已经很熟,而她却丝毫没有向我诉说的意图,她是个非常聪明的孩子,处在我现在这样的境地,她一定掂量过,说给我,也会是无济于事的,这我理解。

我又问了一遍男方家的情况,英巨卡咬牙切齿地吐出几个字——"卡勒得克塔尔,包克。"

虽然我没听懂是啥意思,但看得出来,她是很讨厌的,很气愤。

英巨卡的妈妈接着说:"是个前年死了婆姨的男人,有四五个孩子。"

我问:"多大岁数了?"

英巨卡没好气地说:"比我爸的岁数还大。"

我说:"不会吧,那怎么行呢?"

英巨卡的妈妈说:"虽然没有我们老汉那么大,也五十多快六十岁了。"

我听完她们的诉说,终于明白了事情的原委,我问英巨卡:"是那天我们去桑嫂家,半路上遇见的那个老人吗?"

"就是那个死不掉的,害人鬼。"

难怪英巨卡那天特别不高兴,我问:"他是干啥的人?是啥身份?"

英巨卡说:"他原来是这里的巴依,现在打成'牛鬼蛇神'。"

既然有了这个把扣,我看到了一线希望,我安慰英巨卡,说:"别害怕,有我呢,我会找人管这件事的,你该吃就吃,该喝就喝,别把身体搞垮了。"

英巨卡的妈妈见女儿情绪有所好转,也听懂了我说的话,手搭胸前说:"谢谢老师。"

十二

事不宜迟,我首先想到了我的朋友,也是派来阳布拉克牧场宣传队的队长侯文如。我是这样想的,要解决好问题,必须从两方面着手,首先利用男方的弱点,让他退而不进,同时做好女方家,也就是卡木扎的思想工作。我通过侯队长,以他大权在握的身份,从政治上把着关,产生震慑力量,我不相信他们敢违犯国家的婚姻法,不够年龄就结婚。

即使在这样天高皇帝远的偏僻之地,我想只要有人擎起国家法律的钢刀,即使再牛皮的人也会望而却步的。再就是去一趟穆孜得克冰沟,向妇女队长反映情况,需要她做卡木扎的工作。我对妇女队长也是满怀信心的,因为我知道了妇女队长就是给我们搭建了毡房的那位妇女,她家是我们许队长的老朋友,我认定那是一位心地善良、通情达理的牧区基层干部,我向她讲明事态的严重性,讲明其中的利害关系,她一定会负责任地出手相助的。

但事有蹊跷,就在我下定决心跑这件事而还未迈开第一步的时候,更大的一件事却把我"劫持"了,我接到通知,立即回县。大龙口外的水管站站长唐突与牧场的副场长马勒其,他们俩骑着两匹马空吊着一匹马,来驮我下山,说山外有一辆212小车等着我,要我坐车回县城。

我问:"究竟多大的事,这么紧急,该不是拉我去挨批斗吧。"其实,他俩这么一说,我就明白了,因为侯队长已经给我透露过要我回文工队的信息,不出意外的话,恐怕就是这么回事了。但是眼下就要我马上离开,真不是时候啊,英巨卡正处在危难之中,一旦那个老家伙得逞,那就一切都晚了,都完了,这样如花儿一样的小姑娘,受到癞皮哈熊一样的踩躏摧残,于情于理于心都是不甘的啊。尽管我自己也像个死爬牛爬竹节——爬上一节算一节呢,但是,这个忙我是一定要帮的。

我给他俩说:"我有件急事要办,你俩回去给驾驶员说,过几天我自己想法回到县上。"我估摸了一下,抓紧时间,去牧场场部找侯队长花上一天,去冰沟找妇女队长一天,顶多三天,我就回到县上了,不会耽误事情的。

唐站长诡谲地一笑,说:"还是你亲自去说吧,这不,马也给你吊来了,带话给你带丢了咋办,负不起那个责任啊!"老唐、马场长,我们都是炒面捏的——熟人。

他在说笑话,但话中的意思我也听出来了,看来,我非得走上一趟不可了。我让他俩下马来,铁柱子沏了一壶香气扑鼻的奶茶,让他们喝,我快速地给侯队长写了一封信,讲明事情原委,派穆哈尔快马送到场部去,不敢有所耽误。我本来要骑我的银鬃子紫马,可唐突和马勒其坚持要我骑他们吊来的马,他们俩的态度不冷不热,不软不硬,看来是不让我再返回马房子上了,我隐约感到有些被"绑架"的意思。我不明就里,拗不过他俩,便三人骑马顺开坎仁河谷而下,出了大龙口,来到水文站,不承想,迎接我的竟然是他!

十三

迎接我的你猜会是谁呢?他是我无论如何想不到的一个人,他就是"三结合"后出任县"革委会"主任的塔尕什,他之前是琼吉县的副县长,一开始,他是被"打倒的",吃尽了苦头,但他年岁轻,历史清楚,为人正直、公正,两派一致同意他出任"革委会"主任。他当副县长时,是管畜牧业生产的,我给他当过一段时间的专职秘书,他不仅了解我,还很佩服我。见面后,他说:"这几年我们挨整的呢,你却跑到这里避清闲来了,把你找不到,回,上车!"

我说:"我得回队上交代一下吧,百多头牲口的责任呢!"

他说:"你们队上我去过了,我给他们打了招呼,会马上派人去接你的班。"

212小车还是小李子开的呢,都是老熟人,劫后相逢,感到亲切。那时候的乡村路道,七坑八洼的,颠簸得肠子疼呢,比起我的银鬃子紫马,差远了。常言说,放羊三年,给官不坐,还真是这么个理儿呢。

走在路上,我问:"塔县长——"我还称他塔县长——"到底拉我去干啥呢?"

他说:"文教科你先不要回去,九月一号,中央有个小麦生产现场会在我们县召开,情况紧急,任务繁重,文化工作队要准备一台高质量的自编自演的文艺节目,笔杆子就得由你来要啦。"

我急忙问道:"演员齐备了吗?"我立即想到了英巨卡。

他说:"正在派人到各学校各机关单位物色呢。"

我说:"不能从学生中招收一些有特殊才能的吗?"

他说:"这次迎接全国会议,这在我县的历史上是第一次,特殊情况,经研究,计划招收8名到10名演员,上面给了指标。"

我的心跳得有点按捺不住了,我说:"少数民族可以吗?"

塔县长说:"当然可以。"

我说:"我推荐一个。"

他说:"好啊,是维吾尔族还是哈萨克族,还是其他哪个少数民族的?"

我说:"是哈萨克族的。"

他说:"什么?哈萨克族的?南山的北山的,所有的哈萨克人家,谁家的烧奶茶的壶有几把我都知道,你是说诳语呢吧,我难道不比你清楚?"

我说:"阳布拉克牧场的卡木扎你该知道吧?"

他说:"你说的是那个'精得尔卡热亚'(爱开玩笑的老人)吗?"

我说:"是的,就是他。他有个姑娘今年十七岁了,在县城三中上到了初三,名叫英巨卡,人长得没说的,身材好,相貌端正,有一定的汉语基础,关键是她有一副好嗓子,她不仅会唱,还会自己创作歌曲,简直就是一个文艺天才。"

塔尕什县长睁大了眼睛,他让小李子把车停下,回过身来,把手搭在我的肩上:"你说的是真的?"

我知道塔县长是个性情中人,在自己的家乡能有如此优秀的人才出现,他能不激动吗。他犹豫了片刻,说:"若不是今天安排下一个重要会议,我真想返回大龙口,亲自去焦勒沙衣考察一下。"

他问我:"卡木扎现在家庭情况咋样?"

我说:"我待的时间短,对他家的情况不是很了解,他家有六口人,老两口——"

塔县长截断我的话,戏谑着说:"什么老两口,那女的还能算老吗?你大概不知道,她是我的一个远方亲戚家的女儿,她应该叫我哥呢。她小的时候,嗓子特别好,小小年纪就敢和阿肯们对唱,人家称她小夜莺呢。我那时在七区区公所当通信员,在我们不知情的情况下,他们把她嫁给了一个大她几十岁的光棍,就是这个卡木扎。"

我说:"这又在下一代身上重演了。"

塔县长有点吃惊:"到底是咋回事儿?你给我说清楚。"

我们边说边下车解了手,时间已过下午2时,为不误县长会时,小李子把车速放快了一些。一路上,我把英巨卡遇到的难肠(烦心)事,讲了个根根底底。塔县长听后特别生气,气得半天闷坐着,不说话,一直到下车走进县"革委会"大院,也没再说话。

十四

我回到县城,到文教科扎了一头,大半人都换了,不认识,头头们还没解放,都在农村接受改造,这里已不再是我流连的地方,我去文化工作队报到上班。给我的任务是写一个大型歌舞的歌词和朗诵词,写一个有关琼吉县小麦生产的快板,写两首到三首独唱歌词。我马上联想到英巨卡唱过的《炊烟》和《故乡》,这不就是现成的么,还是她亲自写的歌词谱的曲。我冥冥之中幻化出一种意念,英巨卡得救了,像是冥冥中自有天意……不管怎么说,我不能错过这个机会,我不知道塔县长做了咋样的决断、安排,那天,他一声不吭地进了"革委会"大院,又几天过去了,该不会有啥变故,或者,他……

丁零零,突然,我创作室的电话响了,我正聚精会神地投入主持词的写作中,铃声把我吓了一跳。我接起电话,传来了塔县长的指令,他要我坐上小李子的212到大龙口去接英巨卡。是吗?啊,我终于松了一口气。我没有想到,这么难的事就这么容易地解决了,这么好的消息使我一时无法适应,我认定,这不是别的,这就是运气,我甚至怀疑,我是不是陷入了唯心论的车辙?

其实,这几天,招收新演员的工作一直在紧锣密鼓地进行着,"革委会"文教组根据塔主任的指示,通知现在在阳布拉克牧场的

早开的苹果花

侯队长偕同牧场的副场长太流去焦勒沙衣对英巨卡做了认真考核,她也顺利地通过了考核。消息传出,焦勒沙衣沸腾了,整个阳布拉克牧场沸腾了,整个山区沉浸在喜悦里。

还没有等我们的车到大龙口,送行的人们已经聚集在了开坎仁河的河岸上,他们都骑着马,马上披红挂彩。英巨卡见我后,远远地跳下马来,跑向我,抱着我哭个不停,喜泪涟涟。

塔穆尔桑斯孜拜来了,桑嫂也来了,穆孜得克冰沟的妇女队长来了,英巨卡的妈妈带着不属于她那个年龄段的羞涩也来了,她躲在桑嫂的身后在抹眼泪,可怜的人啊。还有认识不认识的牧人都来了,连马二、潘苕、穆哈尔、铁柱子也来了,他们说,我们住在一个山沟里,哈萨克谚语说,"头一次见面是朋友,第二次见面是亲戚"。马二说:"我们就是亲戚加朋友,英巨卡就跟我们的女儿一样,我们能不高兴吗,能不来送一程吗?"

第二次见塔穆尔桑斯孜拜,他的大手是那么有劲,把我拉在怀里,他用心来亲近我。他说:"你干了一件焦勒沙衣能记住的事,你够塔穆尔,你这个塔穆尔我是交定了。"

我踮足打目搜索,终没有见到卡木扎,我想他不会不来的,可能有啥事耽搁了,他不会记恨我吧。我与桑嫂、妇女队长等一一握手告别。

在大家的祝福声中,英巨卡坐进212小车,她像一只将要离巢的小鹰高翔在蔚蓝的万里晴空,去迎接生命绽放的辉煌。

青疙瘩

一

一头牛犊大的野猪直向我扑将过来，四围的牧友们都吓得出了声，我猛抖马缰，双腿一磕，想避其锋芒，一个纵子跳过去，结果是，我胯下的乘骑不仅纹丝未动，相反，还四蹄如柱，铁定地站在那里，摆了个死驴不怕狼啃的样子。我急忙狠狠地抽了它几套绳，那时我右手里拿的是套马绳，在当下就是套猪绳，而不是马鞭子，它依然如此，蹄子站得更踏实了，连点动弹的反应都没有，直等着野猪的到来。我完全失望了，除了一手扯着马缰，一手提着准备摔出去套野猪的套马绳外，再没有任何抵挡的武器了，我下意识地眼一闭，只好任由野猪来宰割了。

早开的苹果花

  我事后思谋,那会儿,可能那马想着,那野猪是冲我来的,就是说冲人来的,而不是冲它来的,因为是我要套猪,而不是它套猪,与它没啥关系。再说马与猪都是动物,人以群分,物以类聚,毕竟它们是一事儿,比较近,比较亲,谁叫你放得好好的不好好的,打上和声,跟上人家套野猪呢。我叫你套,我叫你套,行地吃辣辣呢,那马可能是这么想的,这是我当时一趟子跑过去的想法。

  岂知,那野猪冲上来,钻到马肚子底下,噌噌就是两嘴头,我感觉几乎把马挑了起来。那会儿,可能那猪心想,那能怪着人呢,不是你马驮上人追我的吗,不然的话,人能追上我吗,他们敢套我吗。马是咋想的,猪是咋想的,这只是我的判断。猪拱了我的马肚子两家伙,一个蹿堂经过,飞也似的跑走了,几十匹围拢来的骑手们吼吼喊喊地尾追而去,我的马还站在那里原地不动,其实它肯定是动不了了,肯定是马肚子被捅破了,恐怕连肠子也露出来了吧。我倒坦然了,谁叫你赖着不动呢,你个吃肉货,活该。我气不打一处来,反正这样了,死了就剥皮吃肉,吃马肉不比吃野猪肉差,我赌气地骑在马上不下来,等马倒了我再下来。

  这时,我的几个牧友围过来,他们下马趴到马肚子底下一看,"啊哟,好好的,马肚子好好的,恐怕那是头母猪吧,没长獠牙。"听此一说,我一个蹦子跳下马来,我在马肚子下面仔细地察看了一遍,确实哎,连点皮都没擦破,只把马毛拱了几个窝窝,我抱着马脖子,流下了眼泪。是啊,我一个刚下台的"下台干部",队干部为保护我,才派我出滩放牧,为追野猪,把马给日塌(糟践)了,那是集体财产,我咋向队上交代啊。

那是二十世纪六十年代的事。"文革"初期,我被"工作组"打成"小邓拓"驱逐出教师队伍,不久,黑风暴瞬间就刮到了我们这边地小城。生产队的领导为了使我不至于受到二次伤害,让我跟上马把式薛贵去放马。

那是个快要交冬的日子,我们的马房子扎在靠近五马场苇湖的一个叫青疙瘩的地方。一马平川的戈壁和草湖里,隆起一个高高的土堆,远远地看过去是黑色的,又不完全是黑色的,人们就把它叫青疙瘩。青疙瘩周围一转儿扎了好几顶马房子。五马场苇湖是以哈萨克族为多数的牧场草场,而我们青疙瘩扎驻的都是农业队的马房子,这农牧两家之间存在着一种草场互牧的关系,是口头达成的协议,但互相之间还是少不了大冲突小矛盾,那是上头的事,与我们无关,我们只管放好牛马。我们的马房子其实就是地窝铺。人们在青疙瘩上选好方向,挖下去一小间房子的地方,挖上个两米深,里面留下一个炕的面积,然后上面随便担几根粗细不一的橡橡子,再把扎成的苇捆子横横子一放,码齐靠紧,房土一上,就行了。有门窗了安个牛肋巴门窗,没有了就敞着,晚上捞块毛毡堵上就可以住人了。

我是骑了匹老骟马,而且是骣骑着到了青疙瘩马房子上的,我骑的那匹马毛色是白马黑点子,我们叫它豹花马,哈萨克语叫"齐巴尔阿提"。那是许队长、崔支书怕我骑马套镫,先选了匹老实马让我骑。

早开的苹果花

我们到马房子时,天已黑了,走了七八十里路,骑的颠马,又是无镫可踩,我整个身架都散花了,更重要的是第一次骑马就把屁股骒烂了,裤子粘在尻门槽子里,扯不下来,只好趴在炕上歇息。

不一会,外面喝喝嚷嚷地进来一帮人,只听一人粗声野气地说:"老薛,又来了个'黑家伙'吧。"那时候的"黑家伙"指的不是"下台干部"就是"四不清"。

薛贵忙说:"我来介绍介绍。"他把我的情况讲了。

"嘿,原来还是个'臭老九'呢,够黑的了呀,又黑又臭的。"

然后,有几个自报家门,说:"我是扎胡子李秀,梁山泊《水浒传》里李魁的弟弟,你叫我李鬼也行,现在被'红卫兵'罢了官,罢了那个毛官官子,一身轻松啊,哈哈哈哈!"

"我叫睁眼豹子潘苔,民国时,宋家梁上的三寨主睁眼豹子是也,'四不清'。"

薛贵接着介绍说:"这个是小诸葛尕赵。"我打眼看,是个面色红赤赤的年轻人,原先是小队会计。

"这个是崔大个子。"我抬头看,嘿,真是个大个子,站在窝铺里,头快顶着房顶了,腰还猫着。

"老崔是湾湾坝大队的大队长,他是我们这个疙瘩上官里头不是官的最大的官了。"

老崔说:"你听你说求个啥吗。"

"那个是潘苔,你看他苔里吧唧的,其实尖得比猴儿还尖。还有一个李铁头,当了半辈子队长,被扒拉下来了,今天回队上了。"

他们几个的窝铺也都紧挨我们的窝铺,一帮"四不清"和"下台干部"聚在一个土疙瘩上,我想,那不成了一丘之貉了吗。

二

我的齐巴尔阿提坐骑没有被倒了肚子,真是不幸中的万幸了,那是我到马房子上两个月以后的事了。由于出滩放牧是个最清闲的活儿,牛马赖在草湖里,有水喝,有草吃,不要说跑丢了,就是撵也撵不出草湖,所以,整天没事,就是骑马浪房子,喝茶涮肠子。由此我认识了不少农业队的马把式和哈萨克朋友。

那天套野猪是这么回事。

这苇湖是我们琼吉县最大的一块湿地,也可以说是唯一现存的湿地。芦苇长得一房子高,都是铁杆芦苇,是铺房笆顶一的好材料。芦苇中间是上好的牧草,有冰草、酥油草、甘草秧子、扯扯秧子、湖草、刺稞、芨芨缨子,就连芦苇牲畜也喜欢吃的。

二十世纪六十年代,遇到了数十年不遇的大旱,这大旱年,人的渡荒问题,相比较而言,由于地广人稀,还不是大问题,有洋芋栽桩就行了,不至于饿死人。倒是牲畜的渡荒,由于数量大,就难上加难了。这样一来,苇湖作为这一方最大的冬草场,也是最优质的草场,就成了所有牲畜向往的地方。连邻县的牲畜,也成群结队地往草湖里钻,有的人偷偷摸摸吆上进来的,也有的牛群在老谋深算的老母牛的带领下,趁着夜色的掩护扑进草湖的。我想,青疙瘩那个丘上之所以聚集了那么一伙的"下台干部"和"四不清"之貉,大约就是这个原因。本来能载两千头大畜的草场,一下子涌进来了十倍于基数的载畜量,你可知道,那是个啥结果吗?那结果就是把这个草场彻底地践踏了,彻底地报销了。原来藏匿在苇湖里面的狼群移向了北沙窝,狐狸搬迁到黑戈壁,唯独世世代代以苇湖为家园,生活在这里的百十头野猪抓了瞎。它们身架大,孨孨脚,不擅走长路,加之黑不溜秋的,较显眼,到了光滩上,缺乏保护色,远远地就能看见,它们不知该逃往何处,只好在苇子窝里,东躲躲,西藏藏。可是能够得以遮蔽它们身体的芦苇在天天地被牲畜大口大口地吃掉,被人大捆大捆地割倒,用车载用牛驮去当烧柴,能藏的地方越来越少了,野猪是惶惶不可终日,暴露无遗的野猪们,便激起了人们的征服欲。这就出现了我愚蠢地骑上豹花马参加的那场战斗。

有了这次教训,我是学得乖爽了,本来那是桑斯孜拜的套马绳,可是桑斯孜拜的马性头太大,叽里咕噜的,它躲着不往野猪跟前去,无法驾驭,桑斯孜拜看我骑的马老实,就把套马绳交到我手上。我也是太逞能了,有点自不量力,也不想一想自己才练了几天的套绳术,还是对着木桩练的,就连吭哧都没打,接过了桑斯孜拜递过来的套马绳。想起来真有些脸红——觉得我连桑斯孜拜的马都不如,那马还知道谦虚——噢,这里不叫谦虚,应该是,人家马还知道自己是几斤几两的。

这场战斗持续了好几天,反正这些牧马人也都闲得没事,入秋以来骑手们个个加大饲料把坐骑喂得膘肥体壮、滚瓜流油的。这时正好一试身手、显显威风。睁眼豹子潘苔,骑着一匹枣红小骟马,性头好,他纵马追着一头大臊猪,獠牙长得有一寸来长。追了一圈后,那臊猪看是跑不脱了,它似乎有些生气,心想,我又没惹你们,你不看我在逃吗,反正是一死,那我和你们拼了。那臊猪不跑了,它掉转头,向潘苔扑来,以速雷不及掩耳的速度扑在了潘苔枣红马的跟前,潘苔洋洋得意地没防着,那马可防着了,它灵敏地一个蹦子从猪身上跳过去,算是逃过了一劫,如果挨上那一獠牙,那马的肚子非捅个洞不可。可是事情反反子来了,潘苔不追野猪了,那臊猪倒追起潘苔了,这也斗起睁眼豹子的性子,枣红马在前,臊猪在后,拼着跑,潘苔腕搭马扯绳,两手攥紧一柄铁杆长矛,他把速度稍放慢了一些,臊猪就飞身扑了上去,潘苔不愧是疆场老手,他胆大心细,瞅准野猪的肋窝,挺抢直刺,一枪毙命,猪血喷了人马一身,枣红马更红了,潘苔的白皮裤成了红皮裤了。从此,潘苔舍命取野臊猪的佳话传遍了四乡八里。

三

"不愧绰号睁眼豹子,你看你两只眼睛睁得像驴卵子似的,野猪都死了半时天了,你还扎着矛子不拔出来。"这说话的是李铁头队长的央歌子,我们叫李嫂,她是刚坐上他们队上的车来这里的,稍带着割些长苇子回去编苇席用。这"央歌子"是当地叫法,"媳妇"的意思,因为我们在牧区生活,语言交流上多是半汉语半哈萨克语的,这也是这地方独有的特点。

潘苕说:"你说得轻巧,这家伙最少也一百来公斤呢,你没见那凶势样子,那一对獠牙直戳戳地朝着我的腿板刺来,你还说驴卵子呢,连人卵子儿也保不住了。"

李嫂说:"保不住了好,那潘嫂子晚上还能睡个安稳觉。"

扎胡子李秀说:"行了行了,趁热快剥皮,一凉就不好剥了。"听说要剥猪皮,哈萨克牧友都掉转马头四散而去了,而留下来的都是农业区来的汉族牧友。打猎的人有个规矩,见面分一半。这打下的野猪,自然是人人有份了。小诸葛尕赵人心细,他打眼一看,十来个人,他手里掂量着一人给割上一块子肉,不嫌多不嫌少的都拿走了,剩下的除了一张猪皮外,再就是头蹄杂碎和一条大腿,可以说,好些的肉都分给牧友拿走了,但他们并不埋怨,这等于是天赐的肉,吃好吃瞎吃多吃少,都心里舒服。

到了晚上,大家七手八脚的,架锅的架锅,下肉的下肉,燎猪头猪蹄的燎猪头猪蹄子,翻洗肠子的翻洗肠子。臊猪尻板里的一截子及那两疙瘩余外的肉,李嫂刚拿上去门外撂给狗吃,被扎胡子李秀看见了,一把夺过来:"嘿!好我的李嫂呢,这么好的东西你咋撂给狗吃呢,你也没到大街上打听一下市价,这猪鞭比牛鞭驴鞭还贵呢,特别是这大臊猪的鞭,那是拿高价钱也买不上。"他说毕,便扔到灶闼阆里烧上了。

这晚的夜餐还是耍红了李嫂,李嫂又是切又是炒又是焚的,干得四匹子(全身)淌汗呢。

她脱去外套,穿的个水红衬衫,两个大奶头呼扇呼扇的,像兔娃子在里面跳,吸附着那么多热辣辣的目光。李嫂才不管它哩,都大婆姨了,把那些都不当回事了,眼睛算什么,敢把黑老鸹爪子伸过来,也就那么回事儿。

铁头队长整来了一笼子酒,酒这东西我们这地方的人叫烧娃子呢,一喝到肚子里,就烧起温度来了。我们这达的人不划拳不喝酒,划拳走的江湖的路子,讲输赢讲的是豪气,谁喝不过谁不算男子汉。

李嫂先炒了盘猪肝端上来了,这猪肝是下酒的好菜,但也要会炒呢,不能炒得过了,刚上勺翻滚几下,血水子一滗干就行了,吃到嘴里不垫牙就正好儿。

一上手,潘苕和李秀就划上了,他们划的是大拳,讲好了,就十个码子,不带彩头儿,酒是用牛角杯喝,就是把牛角尖锯下来掏空了,盛上酒来喝,那意思是输了就喝,尖尖牛角放不着,这是立逼得上梁山呢,没本事就不要伸拳。潘苕的拳臭得很,输得多,喝得已经是颠三倒四的了。

接着是尕赵和崔大个子划。小诸葛尕赵,人尖得很,谋略多,崔大个子是汉大腰尻心眼实。他不会划大拳,要捣杠子,一人拿一根筷子,同时敲着桌子喊虫、鸡、老虎、杠子。一物降一物,杠子打老虎,老虎吃鸡,鸡吃虫,虫蛀杠子,崔大个子哪里是尕赵的格架,三下五除二,就把崔大个子放翻了。铁头队长不饮酒,尕赵就跟马二干上了。马二是半壳子老汉了,他要改个调调,不划大拳,也不捣杠子,他要划尕老汉拳,就是尕个老汉吗吆吆。

一开始两个人同时喊:"尕老汉吗吆吆,喜欢穿呢吗吆吆,这么子穿呢吗那么样子戴,七十八呢吗吆吆。"然后是双方出指头,相加,就是个位数的加法,谁输谁喝酒。

没比出输赢,就接着来,"尕老汉吗吆吆,推炒面呢吗吆吆,这么样子推来吗那么样子吃,八十八呢吗吆吆。"结果还是马二输了个一塌糊涂。

男人们划拳喝酒呢,李嫂也不闲着,她抱着个猪头啃猪头呢。她看崔大个子和马二输得多,就替他俩喝了好几杯酒。李嫂快上四十的人了,但体魄健壮,风韵犹存,看哪达都顺眼的呢。酒是个好东西,男人喝上,长精神呢,女个喝上,比啥化妆品都强,你看李嫂这阵子,脸上汗滋滋粉团团的,都能赛过十八的丫头呢。

崔大个子出去撒尿去了,因为人已经半醉了,尿没撒完,晃失一闪就跌到苇沟里了。外面夜黑,李嫂不放心,这崔队长出去好一会了,还不见回来,就从灶洞里抽了一根烧着的梭梭柴,喊了几声崔队长,听着人在苇沟里哼哼的呢,就赶紧喊人出去救人。在的人都还在染酒呢,潘苔听说救人,从炕上翻起身,一马当先,冲出门去,结果他也栽倒在苇沟里了。把两个人抬到房子里,救的人和被救的人都糊成泥蛋蛋了。

崔大个子和潘苔头抱头哭开了:"××的,冤柱死了,当了十多年队长,落了这么个下场。"马二也拉上哭声说:"一个工才五分钱,还'四不清'呢,××××,倒还图个清省,谁日能(有能耐)了谁干去。"铁头队长在盛世才时期当过兵,经过大世面,说:"算了算了,也不知道丢人的,大晃晃的人了,连那么点委屈都承受不了,枉为一个男子汉了。"一句话,说得大家泪回息止了。一夜无话。

四

有人发现,黑戈壁的北闸里有一只白狐子,常言说,这狐子,可神叨得很,千年白万年黑。说好了,第二天去追狐子,那些骑马都攒足了劲,把马肚子吊得跟细狗一样,一切都准备停当了。当然,主要是追,追着玩,比比看谁的马快,可是这狐子也尖得很,它会埋踪,还会钻洞。钻了洞咋办呢,就得挖,还得拿上锨,就得熏,得拿上火柴。一旦追急了钻了洞,就得先拿火熏,熏不出来了,就用锨挖。该准备的都准备好了,马已经吊了一整天肚子,它们也知道要拼趟子呢,所以急得在转圈圈呢。

可是,就要提着马鞭子上马呢,马二上气不接下气地跑上来了,说是他的一只羔娃子跌到水井里了。这可咋办?铁头队长说:"还能咋办,走,救驼羔!"

这苇湖中间和四周有不少牲畜圈子,哈萨克语叫和拉,有中和拉,东和拉,西和拉,司依尔和拉(牛圈子),妥延和拉(骆驼圈子)

等。马二的驼羔就跌在了司依尔和拉的水井里,那儿的水井不深,就一马缰绳深,驼羔是个不到二岁的驼羔。

人们来到驼羔出事的地点,驼娃见人来了,就噢噢地叫起来了,似乎在说救命啊救命。潘苔骂开了:"叫唤啥呢,睁上那么大的个眼睛往窟窿里跌呢。"

人们到得跟前,一看是个长方形水井,羔娃子掉进去,四面夹得紧紧的,光出来两个峰子,这可咋办?没别的办法,只好挖了,刚挖了几锹,四面一松,驼羔又往里掉了一截。啊呀,再不敢挖了,越挖掉得越深,急忙去羊房子上找来了几根毛绳,从后大腿拴着拖着,拖肯定是拖不出来的,只要拽住,不要再往下掉就行了。好事瞎事,人都喜欢担热闹,不一会儿工夫,人越聚越多,老汉娃娃,央歌子,年轻媳妇子,站了一大帮,都想帮忙呢,可都帮不上忙。

这时,一个哈萨克老年人说话了:"哎,塔穆尔(朋友),这个样子不行,赶太阳要睡觉了,你们也拿不出来,我们有个妥延齐(放骆驼的),名字叫温阿勒拜,他行,他一个人就拿出来了。"扎胡子李秀嚷嚷开了,听这个老汉胡皮里乱说的呢,这上百公斤的羔娃子,一个人能拿出来,那是给鬼说了鬼也不信。旁边几个哈萨克央歌子也"均、均、均"地点头称是,她们扎大拇指说:"温阿勒拜巴吐尔(好汉)。"

铁头队长说:"既然这样的话,不妨试试,但远水解不了近渴,人在哪里呢?"老头也没在意扎胡子的冲撞,说:"刚从那达过去,在卡海的牛房子上喝茶的呢。"

铁头队长对马二说:"还不去请,等着想吃驼羔肉呢吗?"这地方哪是谁家房子都很熟悉,马二将骑马抽了一鞭子,向卡海的牛房子跑去。不一会儿,马二相干着一个骑大公驼的壮汉来了。

那壮汉身穿灯芯绒大衣,腿上穿的是黑面子的窝儿皮裤,头戴红缎子面料的哈萨克尖尖大帽。人长得富态也面善,八扎胡儿朝上卷着,有两个垂肩的大耳朵,过于显眼。他一声"夸",那威严的喷着白沫的大公驼跪了下来。那大公驼开始发情了,那些央歌子、娃娃都吓得跑远了。都知道这公驼潮了,也就是说发情了,会追人的,特别是穿红衣服的人,它追上后就往肚子底下压,那可是很危险的,你想想看,一个人能经着大骆驼压吗,那不压成肉饼子了吗?所以,人们见了都远远地躲开了。这就是温阿勒拜,他下得驼来,站在扎胡子李秀跟前,整个身架有他两个大。李秀脖子一缩,做了个鬼脸。

温阿勒拜围着水井转了一圈儿,他选好了位置,两手各抓一只驼峰,比划了一下,然后,做了个手抓瓶子往嘴里灌的动作。那老汉说话了:"他要喝酒,没酒不行,没力气。"铁头队长打发尕赵去,他的窝铺里马褡子里有两瓶子黑字儿古城大曲,快去拿来。

这放马的人,就是方便,来去都是马像风一样的去,像风一样的来,快得很。温阿勒拜见酒来了,一向紧绷绷的脸一下子笑成了一盘大葵花。

大家都静静地瞅着这个壮汉,可以称得上是众目睽睽,看他如何动作。只见温阿勒拜拿下尖尖大帽,脱掉灯芯绒大衣,拿起酒瓶,往嘴唇前一对,嘣地咬去了酒盖,扬起酒瓶就往嘴里灌,格当当地一瓶子烧娃子就像喝凉水的一样灌进肚去,看得所有的人没有不伸舌头的。

然后,他酒瓶一扔,瞬间两手猛抓驼峰,大吼了一声,顿时地动山摇似的,那驼羔就被温阿勒拜悬悬地提出水井放在了岸上,再看温阿勒拜的一双靰鞡鞋,光有帮子没底儿了。

救驼羔引出了巴吐尔温阿勒拜一事这里打住,至于马二如何感谢温阿勒拜,如何赔人家一双靰鞡鞋的事这里就不再表了。

五

放牧人的事三句话离不开牛马。崔大个子当队长的时候,就想给队上配几只马骡子用。有一次,县上组织公社生产第一线的干部去关内参观学习,他看到关内人都喜欢使用骡子,用骡子套车,用骡子碾米推磨,行路代步也是骡子。经询问,才知道骡子不仅气力大,寿命长,还吃得少,很少害病。回来后他就萌生了要为队上配几匹骡子用的心思,可是,队上工作忙,就把这事儿给耽误了。如今干的就是这个营生,他就想实现这个愿望。他和现在的队委会商量了一下,拿出三头二岁子乳牛娃子从县城的牲畜市场上换来了一匹大叫驴,这大叫驴长得好不威风,崔大个子骑到青疙瘩上来,好一道亮丽的风景。

崔大个子平时喜欢骑驴,骑驴方便,他个子大,尻子一抹就骑在驴上了,骑大一点儿的驴,鞋底还在地上捞的呢。可是,这匹大叫驴长得差不多和马一样高,他骑起来就没那么方便了,不要说尻子一抹,就是两抹三抹也抹不上去了,听说才四岁子,还没有上过大阵势呢。人常说,心急吃不了热豆腐,这豆腐有什么好吃的,我说不了几条,可说起心急了,那可实在是办不成事的。比如说,这老崔,有个口轻骒马子还没有散足呢,他就拉来让驴配,结果是一个不让上,一个不想上。

老崔骂骂达达地把那匹不愿就范的口轻骒马放走了,崔大个子是有选择地在配,你想那大价钱,用三个头蛋子换来的大叫驴,一点一滴都是金贵的,除了给自己队上配骡子外,还打算给队上捞点外款呢。

虽然时令打春了,天气也渐渐地热了,但一冬天的少草寒冷,马发情普遍来得慢,只好等了又等。

春耕在即,铁头队长的队上,新班子来不转,社员们强烈要求铁头队长回队上指挥生产,他们和工作组达成协议,哪怕是临时性的也行。铁头队长为人实在,不计前嫌,以大局为重,他回去了,但他留了后手,就是说春耕完了他还回来当他的牧马人,所以他不叫队上来人换他,他把李嫂留下,由李嫂给我们青疙瘩上的马把式们当炊事员,由我们帮他放牧牛马。

崔大个子又拉来了一匹看似发情了但还凉兮兮的骒马,他拉着叫驴转了几圈,看起来不大有兴趣,他骂了叫驴又骂骒马,只好放开骒马到群里去吃草,结果,引起了把群儿马的恼怒,心想,你好

早开的苹果花

大胆,没有我的允许,你是怎么离开的,你干啥去了。那骒马的尾巴根部被把群儿马美美咬了一口,咬得是屁滚尿流。那骒马回过头来,将崔大个子翻了一眼,嘴里还骂骂咧咧的,好像是说,就你好管闲事,闹得猪嫌狗不爱的,你到底图啥呢。

铁头队长走了后,他的一群马和一群牛就由我们经管,主要是分给我经管。因为我生来乍到,出去找丢失的牲口,我路不熟,到了苇湖里连东南西北都辨不清,所以给我派了个轻省的营生,再说铁头队长对大家的事情都很熟心,不管谁的事都好像是他的事一样,他几乎就是我们青疙瘩山寨的寨主一样。他走了后,李嫂给大家抓锅做吃的,也是尽心尽力的,想方设法搜罗着做上让大家吃,铁头队长的精神在她的身上就像一脉传承似的。

李嫂做饭都是到各窝铺里挖面取菜的,各家拿来的肉都在一个仓库似的冷窝铺里放着。这一天,李嫂给我们加了一道菜,是鸡蛋炒胡萝卜,那是多好的一盘菜啊,黄灿灿的鸡蛋配上红红的萝卜再搭上绿绿的菠菜,看着就叫人淌涎水。可是崔大个子看着,立马变脸了。

"坏了坏了,"他问李嫂,"这鸡蛋是不是我房里拿的?"

李嫂说:"是啊。"

"啊呀,我的奶奶,那是专门给叫驴准备的!"

大家一听,笑开了。扎胡子李秀说:"好了好了,人也缺营养的呢,那么好的东西哪有给驴的。"

崔大个子哭丧着个脸说:"队上社员家的鸡儿都才开始下春蛋,没容易收笼上几个蛋,那我的配种任务咋完成呢啊。"

潘苕说:"那还不好办,驴不行了,你亲自上嘛。"

崔大个子骂了句:"滚你×××吧。"

惹得大家哈哈哈大笑一场。

六

再说这配骡子的事,崔队长十多年的任上工作,养成了办事认真不含糊的工作作风,他是这样要求别人的,也是这样要求自己的。别以为配骡子那么一下就行了,那可是稍纵即逝的事情,况且你还不是粗制滥滥造,你是有选择的,你费心把力地选下的对象,都在马群里,马群都是把群儿马管着,人家儿马也不含糊,也是认真的,不然,一年下来,骠马怀不上几个驹,这你又该怨儿马了,说不好你要撤它的职,严重了,你脑子一热,不就把它的命根子割下来喂了狗了吗。

崔大个子每天吃了饭,就去苇湖里找马群,找着马群别的事情不干,就两眼不闪地瞅识骠马的水门,如果看到哪个马的水门稍一发肿,还带点水分分的样子,他就得要先下手了。甩出去一套马绳套着,那就是他的了,不然,就是把群儿马的,那儿马一旦先发现,那它就捷足先登、先入为主了。

崔大个子心血没有白费,终于成功了一次。他选中了一匹体态丰满的骒马,他一绳套着,就要拉出马群的时候,险些遭把群儿马的袭击,可能是他发现那骒马发情了,那儿马也发现了,只不过忙于照顾其他眷属,还没来得及下手。儿马鬃厉尾怒地扑将他来,他甩了一绳,那儿马胆怯退阵了,它虽然是马群的头儿,但崔大个子是它们牛群马群的头儿,所以它不敢太造次,乖乖地退走了。崔大个子是是非分明的,他没有怪罪儿马的造次不尊,他反而很欣赏儿马负责认真的作风,他打了一个别扭的口哨,算是对儿马的褒奖。

青疙瘩一转儿六个马房子,像蜂房一样紧靠紧地挨着,我的房子在最北边,崖头深,跨几步就是苇沟,紧挨着是铁头队长的房子,再过去是马二。我们的房子一转儿是高苇子圈着,挡着了西北风,我们烧的是北山的无烟煤,也烧刺棵和毛苇子,总的来说,还是很暖和的。由于是地窝铺,晚上常有狐狸在房顶上跑,因为我们的冷库里有肉,狐狸鼻子尖,就摸索上来了,不过它身子轻,特别是走路轻对我们造不成影响。有时候野狼也上我们的房顶,它身子重,一走动,房土就往下掉,有时掉人一眼窝,可霉气了,不过吼上一声就吓跑了。有一次,跑上去了两个不失闲的脖牛娃子,它俩学着抵仗,结果把铁头队长的房顶踩塌了,铁头队长回队去了,只睡着李嫂一个人。李嫂倒是没伤着,可是吓得不轻。只听得喝雷震道的,李嫂大喊救命,赶我们跑出地窝铺,两个小牛知道惹了祸,早跑得没影没踪了。尘土飞扬,什么也看不清楚,我们从墙旮旯里找到了李嫂,她是仰板朝天睡着,糟糕的是她连裤衩也没穿,因为她是从口里来的,来了没几年,听说口里的婆姨晚上睡觉满身精,这样睡觉,省布料又洒落。

人已经糊成个土猴儿了,反正是大婆姨了,该经过的都经过了,没有羞也不害臊的,精着身子跑到我窝铺的,门顶着在里面梳洗。

李嫂的窝铺自然是不能睡了,咋办?还好,薛贵到队上取伙食去了,我的窝铺里正好有个位子,但我总不能和李嫂睡一炕吧。只好我跟李嫂坐等天亮。虽然我跟李嫂岁数相差大的呢,我还未结婚呢,但为了避其嫌疑,我还是把油灯灯子点着了。即便是这样,我分明觉察到鬼尕赵的那两只像老鼠一样的尕眼睛远远地向这边瞅识了好几次。

我俩相对坐着,没啥事,就喧起了李嫂的身世,没想到,这么乐和欢实的个女人,竟然心里包着一包包苦水。

李嫂是1959年底上新疆来的,是饿得顶不着了,那里已经有人饿死了,她男人先跑的,领了一大一小两个七八岁的娃娃跑了。

"我那时正病着,躺在炕上,七死八活的,我男人看我不行了,洒了一把眼泪就走了。还好,他们一走,我心上没负担了,反而能坐起来了,能站起来了,能走转了。这样一来,我慢慢地挣扎着磨蹭到了兰新铁路边上,趴上火车到了尾亚,越往西越好,最后来到开垦河畔。那时李铁头刚死了婆姨,我瘦成了一把柴,好歹人家收留了我,那可是好心人,很会疼人,不到半年光景我就活出个人样来了。

难的是我这一心托看两家，我那个死鬼男人不知道咋么闻到个风风子，找到门上来了。我心想，我病着，你狠心把我扔下就逃命去了，这世上夫妻不到头的也大堆大囊的呢，就中上我们离婚了，我又改嫁了，可他又把两个娃娃支上来，哭天号地的，小湃，你说，我该咋办呢，我难心的，都有死的心肠啊。"

听了李嫂的述说，我心里也很泪的，但我啥忙也帮不上，只有在第二天帮李嫂盖窝铺时，我出了好大力。

鬼尕赵牙龇得豁显显地说："小湃，看你今天力气大得很啊，你是不是昨晚上吃妞妞了。"这里的人把奶头叫妞妞。把我臊得脸也红了。

李嫂出门端了一盆洗锅水，听到了，说："来，你想吃呢吗？"尕赵看苶事不对，还没等李嫂把一盆污水泼上去，就扬开两腿跑走了，把潘苔笑得险些闪了腰。

七

崔大个子终于有了收获，几日的辛苦盯梢，其实就是盯骒马的水门，不过，最先还是把群儿马发现的。他盯得有点困了，刚卷了根莫合烟擩到嘴里，还没来得及擦火柴，就听儿马在急骤地哼哼哼地叫唤，他一看，大事不好，立即翻起身，慌不择路，险些栽到苇沟里。那儿马都快十岁了，因为中头好，骒马没有空过胎，所以没有叫下岗。由于那匹骒马是情窦初开的年轻骒马子,不知是害羞,还是故意拿作,它尻子抹过来抹过去,儿马提着半截子黑棒,三舍四舍地趴不上去。就在儿马猴架上去准备的时候,崔大个子赶到了,他甩手一套马绳撒去,套住了儿马的脖子,费了好大劲才把儿马从骒马身上捞下来,只差一眯眯,就前功尽弃了。其实,发现骒马发情,盯梢,不让把群儿马先入为主,这才是第一步。

崔大个子将发情骒马牵来拴在窝铺前的转槽上,结果是骒马不依,儿马不饶。那儿马也是马中之尤物,在它当任的四五年里,没遭狼害,没有舍损,没有空胎,那可是建了丰功伟绩的,所以,快十岁了,还是一大群家眷的总管。崔大个子把它的家眷牵走了,那等于它的失职,自然是不罢休的。不过,它顾了这头,又失了马群,顾了马群,又失了这头,它和崔大个子搞起了拉锯战。最后,它竟然把整个马群吆到青疙瘩马房子上来示威,它犟着要把发情骒马拿回去,要不它就往上趴,害遭得大家一晚上不能睡觉。

第二天,马二把自己的骆驼鞭拿出来,那骆驼鞭,足有一丈多长,打起来,雷炸得响。打不好,会把自己绕进去,脸上开个口子。马二放过骆驼,是把好鞭手,他瞅准,甩过去一鞭,就在那儿马的尻蛋子上揪了个血口子,儿马再不敢恋战,才算饶省了,这才吆上马群进了苇湖,再没出来。

事不宜迟,抓紧时间,实施配骡操作。崔大个子把那叫驴牵过来了,可这叫驴看的身架大,才是个傻大个儿,先抖弄地让它闻发情骒马的屁股,可它死活不闻,是嫌臭呢吗咋的,崔大个子急得嘴上起泡呢。他去窝铺里,往面盆里打了两个鸡蛋,又削了几个胡萝卜,端上来让叫驴吃。

马二说:"老崔,你这是谝狼传的呢,从嘴里到卵子里,那还有十马八站呢,行吗?"

尕赵说:"心诚佛上香,试试看,咋的。"

扎胡子李秀走到叫驴跟前,他提嚼环,把驴的牙口一看:"哎哟哟,好我的崔哥呢,你请上来了个八十岁老爷爷,那能解个心慌吗。"

有经验的马二听李秀一说,他过来,扳着口齿一看,"可不是吗,你看那中龋平,十岁零,最少也相当于人的六七十岁了,你咋弄了这么个老先人来了。"

"牲口市场上有个牙子说,换着啦,便宜你占了,快拉回去使唤去吧,我就拉回来了。"崔大个子说。

马二说:"使唤当然是攒劲得很呢,你没说换上干啥呢吗。"马二看崔大个子不言语,就说:"人家牙子没哄你,是你聪明一世,糊涂一时啊,你没说你要换的是配种的驴吗。"

崔大个子抱着个头在马转槽前唉声叹气呢,可就在这时,那叫驴有了行动,它把嘴头搭在马屁股上一闻,立即翻开上唇烧开香了。

胡萝卜鸡蛋真是个好东西,这是临阵磨枪,不快也光啊!

崔大个子立即来了情绪,大家也都给使劲,那骒马也可能是散透了,再不忸怩,调转头来望着叫驴。那叫驴还是慢条斯理地在务习,它终于出鞘了。"上!上!上!"大家使劲喊,也终于上去了,可是举不起鞭来,人干着急,没办法。

这时,李嫂到跟前喊了声:"你们都让开!"她不慌不忙地抓住驴的那半截黑棒,稍向上抬了一下,就成功了。

老崔转身来,对着李嫂大大地作了揖,恨不得要下跪叩头呢。岂知,李嫂在甘肃老家时就是一名骡马配种员。

八

铁头李队长回到了青疙瘩,大家有说不尽的高兴。可是李嫂高兴不起来,她的不高兴这时也只有我知道。铁头队长自己还蒙在鼓里。铁头队长来了,大家想闹一场子,乐和乐和,酒有呢,肉有呢,哈萨克朋友桑斯孜拜刚驮来一只狼扯下的二齿子羯羊娃子,蛮肥的。李嫂在切肉时,由于心不在焉,在想心事,把指头切破了,铁头队长立即扔下到嘴跟前的酒杯子,扑过去,抓起李嫂的手指就含在了嘴里,哂了一口,又忙含了一口酒喷在伤指上,又烧了一些芦苇灰敷在伤口上才止了血,找了块干净布包扎住,李嫂被感动得眼泪花儿转圈圈。

酒喝了半酣儿,李嫂窝在灶闾阆里咐兮咐兮哭开了,大家怅怅地望着,不明就里,我就把咋来一气的事情讲了,大家这阵喝酒的放下了酒杯,吃菜的放下了筷子,静得掉下去根针也能听着,觉得真是件难肠事儿啊,好像难肠到自己身上了,该咋办啊!

肯定地说,这信息对铁头队长来说,无异于霹雳震空,若放在一般人身上,会震得麻木过去。可是他是经过大世面的,他沉思了一阵后,说,"秀子——"他把李嫂叫秀子,李嫂也姓李,叫李秀花,铁头队长觉得,都老大不小的了,花花草草的叫不出,就叫她秀子,这一叫还真叫出了一种深深的情分。

他说:"我不是没有疑惑过,你是有几岁了人了,不可能之前没有婚事,我是等你自己说,我不好问的,毕竟我们到一起还时间短。既然是这么回事,人家也找上来了,你们之间有婚约在身,再一说,又有了孩子,我们是好合的好散吧。"

铁头队长这么一说,李嫂放声地哭开了,她说:"我不是不愿给你说,你那么对我好,把最好吃的给我吃上,把最好穿的给我穿上,刚来时,我就是个病态子女人,瘦成了一把柴,房子里仅有的面油肉都做给我一个人吃,你就烧上几个洋芋蛋蛋凑合,你连洋芋皮都舍不得撂,都吃了。时间越长我就更不敢说了,我说了,怕你嫌弃我,怕你撵我走。今天当着大家的面,我把死话说下,只要你不嫌弃我,我就是死下也是你的人。"

李嫂的一席话,竟使铁汉子的铁头队长泪顿飞溅,抽噎得语不成句。

潘苕说:"既然一个情,一个愿,那还有啥说的呢,叫那个没良心的货滚得远远去,如果他敢来这里纠缠,非让他招一下我的烧火疙瘩不可。"

尕赵说:"我看这样,说不了,李嫂得离一次婚,对方是没道理的,他当初能狠下心来扔下你,自然在他心里,你是一死了之的,事实上这个婚姻已经不存在了,你们说是不是这个道理?"

嘿,尕赵不愧是小诸葛,大家说:"说得不错,就照你说的办。"

马二说:"我看李嫂还有个扯心呢,两个孩子一人一个,这样也公平些。"

经过一阵子激烈的述说,李嫂脉脉含情脸露喜色,铁头队长更是眉开眼笑,自不在话下了。

九

春天来了,牛马都不约而同地向南眺望,为啥向南眺望呢?因为南面是天山。天山有啥好眺望的呢?天山是夏牧场啊!夏牧场,那是多么令牛马向往的地方啊,不仅仅是牛马,还有山羊、绵羊、驴、骆驼,也包括人在内。一冬天的挨冷受冻,缺草缺料,一天一天地在挨,就是盼的这个日子。盼来了这个好日子,它们就不安分了,蠢蠢欲动了,牛群的老乳牛偷偷摸摸地领上牛群向南转移,马群的把群儿马会不打招呼地吆上马群向南奔驰,还有一些是单独行动,或者三三两两地就走了,都奔夏牧场而去了,这样就很容易丢失牲口。再说,这苇湖草场已经报销了,草被吃光了,苇子摊平了,野猪被打光了,其他野生动物也都各逃性命去了,各处躺着的是过不了

早开的苹果花

冬的死牛烂马,马把式牛把式整天骑上马去找牛找马。睁眼豹子潘苔花了三天时间,才从沿山边子一带找回来了一头大脬牛,可把老先生气坏了,眼睛绷得有驴卵子大,他一绳将那五岁子脬牛放倒,要取它的命根子呢。

脬牛这家伙是独行侠,携一柄宝剑能走遍天下,它才不管你是谁家的乳牛,也不管你身架大还是身架小,只要闻见那个味味子,就一步不离地跟上转悠去了,十天半月不回来,到最后,它也忘记自己是谁家的牛了。

潘苔早就准备好了,这苇湖里啥都不缺,就是缺石头。他在找这头脬牛的时候就想好了,他在开垦河坝里拾了两块石头,一个棒子石,一块板板石,装在马褡子里。

不用说,也不用喊不用叫,知道潘苔要揢脬牛呢,都来帮忙。扎胡子李秀取下了拉苇子车上的两个架杆子,孬赵拿来了一盘套马绳。

牛是四马撑蹄绑住的,不过这五岁子大脬牛,那力气圆的呢,再一说,这上的是宫刑,要多疼有多疼,所以全青疙瘩的人手全上,还嫌人手不够呢。只好又叫了附近牛房子上的两个哈萨克牧友。

为啥要给脬牛上宫刑呢?这是明摆着的道理,凡是长卵蛋的牛都在今岁或二岁时就要劁掉或者叫骟掉,这不是人的残忍,而是牛长大了,腿板里吊着那个大卵蛋使唤起来不方便,它一见乳牛就发威,有时见了犍牛也往上趴,那你怎么能使唤得了呢。

潘苔要给脬牛上宫刑,这倒不是气头上的事,留下的种牛,也叫脬牛,到五岁口了,也该下岗了,因为那牛的五岁,就相当于人的六七十岁了,还能有啥本事呢,它不过跟上发情的乳牛跑趟子,它腿来腰不来,赶它鞭还没出鞘,口轻的脬牛娃子早趴上去把事情办了。

啥叫宫刑,这里说的宫刑,不是把卵籽儿掏掉,把那根杆杆子放倒那么简单。而是要捶,叫捶脬牛,不知哪位心善人发明的,不动刀子不见血,把两个卵籽儿用石头捶烂,还必须用石头,不能用铁锤,也不能用木棒。就是石头对石头捶下的不泄气,牛将来使唤起来攒劲。

脬牛被四马撺蹄绑着,牛头拴一根绳,由一个人拉着,尾巴由一个人拽着,一根杠子压在牛脖子上,一头一个人压着,再一根杠子压在后腰上,也是一头一个人压着。最后是潘茗施行手术。他把一块板板石垫在下面,用根细绳拴在卵泡根里,一手拽着,另一只手攥住棒棒石,开始在牛卵泡子上砸,使劲地砸,直砸得牛喊直了声,把天王老子都喊下来了。似乎在说我告饶了,我记下了,我再也不胡跑了,不跟上别人家的母牛胡跑了。李嫂没见过这阵势,两手捂着耳朵不忍心看,可又偷偷地看,"潘大哥,行了行子,你行行好吧。"潘茗不仅没有停下,反而砸得更欢了,直砸得两个卵袋瘪瘪的了才饶省了。

放开去,那脬牛连路也不会走了,八扎八扎地偎过苇沟,找牛群去了。牛这东西是很恋群的。刚才,捶脬牛时,那悲惨的哞声,把牛都吓跑了,这阵它们都围过来,嘴头上有时还轻轻地哞上几声,相当于人之慰问。特别是几个二三岁子的小脬牛,平素它们跟上大脬牛对发情乳牛围追堵截,也互相争风吃醋,有时候还要干上一仗,可它们不记仇,终了是好朋友。这阵,它们的大朋友很悲惨地下岗了,它们并不幸灾乐祸,还走过去扛扛架子,抵抵后大腿,它们会为失去这样一个有力的竞争对手而惋惜。

那捶掉的脬牛你不用担心,过不了一个夏天,那捶烂的脬蛋会慢慢地缩上去,最终缩成核桃那么大的很秀气的一个蛋儿,它就转换身份和角色,成了一条能够大显身手的犍牛了。

十

到六月中旬,大畜也都随着小畜进天山到夏窝子了,我被召唤回县上,负责一台文艺晚会的台本写作,离开了青疙瘩,各公社也都实行"三结合",我的牧友们,听说大都被"结合"了,关于青疙瘩一丘之貉的故事我就介绍到这儿。再见。

奶 茶

楔　子

这是一个听来的故事。

那是1975年,我在琼吉县阳布拉克牧场下乡,这个乡在天山深处,几乎全是哈萨克族牧民,大多数不懂汉语,有些是半通不通的,交流上有困难,我们的工作不好开展,正为这事发愁。一天,在一个山坡上遇见了一位年岁大的老奶奶,她笑容可掬地邀请我们到她家喝奶茶,她的汉话虽然有些咬舌,但我们能听懂,能遇见一个懂汉语的老乡,使我们非常高兴。与我一起的还有张凤兰、段翠兰两个女孩子,我们都是县文化工作队的,下乡宣传毛泽东思想的。老人约有六七十岁了,腰有些佝偻了,但人很精神,面容很开朗,令人感动的是她那发之肺腑的热情和眼睛里透出的真诚,就像奶奶看到了许久不见的孙子的那种。

好在她的住房离牧场办公室不远,用不着骑马,她一手拉着张凤兰,一手牵着段翠兰,她和两个兰,像是老熟人似的,喧着笑着走在前边,我跟在后面。她问起凤兰姓张,还说:"我们是一家子呢。"我疑惑,一个是哈萨克族,一个是汉族,咋会是一家子呢?她说:"我老汉也姓张,能不是一家子吗?"

嘿!一听就是个有故事的老人家,可对了我的板了,今天算是找对人了。

新疆和平解放后,实行牧民定居,老人家住的是一明两暗的砖木结构的两廊出水的砖房,门窗向南,进屋后,满屋子的阳光,特别亮堂。首先映入我眼帘的是正面墙上贴的奖状,大大小小十几张,奖状都贴得周周正正,我细心地一一看来,多数是奖给"张勇"的,那应该是她称呼的她的老汉了。有奖优秀兽医的,有奖先进工作者的,有公社奖的,有县上和州上奖的。而引起我特别关注的是一张奖给"剿匪英雄母亲"的奖状,受奖人是"归利夏提",奖励时间是1953年,是中国人民解放军剿匪指挥部奖的。我想,那奖状上写的英雄母亲归利夏提,一定是这位老奶奶了,我禁不住又对老人家打量了几眼,敬仰之情不禁油然而生。

两个兰在帮助老人抱柴火,架火炉,煮奶茶,而我则急着想知道两件事,一是英雄母亲的光荣事迹,二是这家庭是如何组成的,又是咋样一路走到今天的?

归利夏提老奶奶煮好了奶茶,还煮了三个鸡蛋,按哈萨克牧人的礼行,她拉开花毡,铺上餐巾,摆上几个瓷碗,分别放上杏干、葡萄干、方块糖、库尔特(酸奶疙瘩)、酥油及包尔萨克(一种吃食)、馕饼等,还有刚煮好的三个鸡蛋。你别小瞧了这些在现在看来再平常不过的食品,在那个一切都离不开票证的时代,那可是用心积攒着招待最尊贵客人的,上得了台面的食品啊。特别是鸡蛋,你不要以为仅仅三个鸡蛋,那是掏上大价钱也难得买上的贵重东西。我们三人被让到炕上坐好,老奶奶一碗又一碗给我们斟奶茶。我是喝过奶茶的,但今天的奶茶格外的香,是一种沁心透骨的香,不觉得就把四五碗灌进肚去。毫不夸张地说,这是我喝过的奶茶中最香的奶茶。

其实,我的心事不在奶茶上,当端起第一碗奶茶的时候,我就问起"剿匪英雄母亲"奖状的来历。归利夏提老奶奶笑笑,灿烂的笑颜,透出了她年轻时的风韵。她边给我们斟茶边不无自豪地缓缓地说道:"那是解放初,解放军征粮队来到卡木斯台布拉克(苇泉)开展工作,一天,乌斯曼叛乱分子包围了整个苇城,他们追赶工作队员霍连生,追到了这里,霍同志我是认识的,他跑到我家,那时候我们都住毡房,不像现在住砖房。那天,我老汉不在家,娃娃们也出去拾粪掰蘑菇去了,咋办?总不能看着霍同志被土匪杀害吧,我便以当年藏了我老汉的办法,把霍同志藏在了靠房墙子的被垛下面。土匪来审问我,我说我看见一个人朝青疙瘩布拉克方向跑了,骗过了土匪们。我救了霍连生同志,后来被乌斯曼土匪知道了,他们要追杀我,解放军把我们一家暗暗地迁到南山来保护起来。直到活捉了乌斯曼,剿匪战斗结束。"

我们正听得入迷,其实故事才开了头,牧场通讯员杜子江满头大汗地找我们,说工作队长叫我们立即去社营队搞宣讲,说群众都集中起来了,我们只好意犹未尽地离开了归利夏提老奶奶。不过我不死心,在以后的日子里,我花了两晚上的时间,终于把归利夏提老人亲身经历的故事都掏了来。

现在我就原原本本地把这个故事讲给喜欢我的读者们。

苇城孤雁

腥风血雨的日子里,偏安一角的卡木斯台布拉克躲过了一劫,嗅觉灵敏一些的,不论是狗、牛、人,抑或是那只瘸腿红狐狸,都能闻到一股淡淡的奶茶香味。

归利夏提在煮奶茶,她心痛地眼巴巴瞅着儿子叶尔肯趴在自己的腿上睡觉,睡得也实在,稀拉拉的涎水浸湿了她已经褪了色的裙裾。深秋的卡木斯台,除了秋风劲吹、芦花飘洒,笼罩她的只有寂寞和孤独。

部落起程向东逃难已五年时光了,据说是直奔新、甘、青三地交界的阿尔金山而去的,两个耳朵静静地候着,可是一点消息都听不到。

归利夏提是因为孩子偶得重病,几天几夜昏迷不醒,在万般无奈的情况下,才留下来的,留下来就等于豁出去,任人宰割了。她心想,与其这样兵荒马乱、担惊受怕地活着,还不如脖子伸长,一刀下来给个痛快,眼一闭,一切都过去了,只是这生来就精灵得像只小狐狸似的还不到7岁的儿子小叶尔肯,像其旦日(马绊),绊着了她的命运。叶尔肯过百天,就会喊阿帕穆(妈妈),喊得妈妈又惊又喜,全身打战。一岁上就会喊阿坎穆(爸爸),他爸爸却一闭眼走了,再也回不来了。儿子成了她的心头肉,为了他,即使未来的路上布满了蒺藜,她也要爬过去、滚过去,哪怕寄人篱下、当牛做马也要活下去。

当时的形势十分严峻,传说盛世才派了大军来,说要点燃苇湖,为了不引起注意,不暴露藏匿的地方,她把她家养了多年的一只可爱的花母狗也托亲戚带上往东逃难了。

她的毡房搭在苇湖深处的铃铛刺滩上的,四围的芦苇长得很高,也很广袤,远远看去,就是一座黑压压雾沉沉的苇城,这是归利夏提所在部落的冬牧场,夏牧场在南山。这里水草丰盈,地势平坦,落个五六百顶房子是绰绰有余的,他们由百户长太流巴依管着。

深秋时节,万里晴空,可她心里是一片雾霾。咯嘎,咯嘎!高空里传来大雁的叫声,南飞的雁阵,或排成人字形,或摆成一字形,由此,她也联想起他们牧人的生活,像大雁、天鹅一样,不断地转场迁徙,迁到夏牧场,再回迁到冬牧场。听老一辈人说,哈萨克的名字就是天鹅的意思,就是大雁的意思,抬头望着南飞的天鹅和大雁,那

早开的苹果花

是最正常不过的生活的迁来徙往,那虽然是辛劳的,但却是温暖的,甜美的。可部落的大迁徙,却是避灾,却是逃祸,那是一条血泪浸染的逃生的路。即便逃祸,她也应该是其中的一只,可是,她掉队了,她被跌落在冰天雪地里,消受着苦难的人生。

太阳要落山了,她将被黑夜和恐惧包围,她想赶快煮好奶茶,烤好馕饼,和儿子吃过,再给奶崽的红狐留上一些,羊群已上圈,牛在芦苇丛中过夜,她与儿子就可以上好门闩睡觉了。

就在这时,听到苇丛里喀喳、喀喳,有了响动,该不是牛吧,或是野猪、野狼什么的?循声望去,一阵惊吓,几乎使她叫出声来,原来是一个蓬头垢面的人,是一个大活人。这多少年月没见过人了,见到人她应该是高兴的,可她第一感觉是害怕,更多的是害怕。是好人,还是坏人?那人越来越近了,就是冲她家来的,怎么办?她心想,来吧!是福不是祸,是祸躲不过!她手攥一把平时削茶的小刀,便勇敢地面对着来人。

不速之客

来人径直走到她跟前,她反而镇定了,她大声喝问:"什么人,干什么的?"对方说了些什么,她没听明白,她压根不懂汉语。

她搭眼看那人,觉得他是个年轻人,尽管容貌不整,也能看得出来,至多不超过30岁。再看他那两只眼睛怯怯的,还有点腼腆,分明是个落难之人,她悬着的心,才嗵的一下,落在了腔子里,不由得长出了一口气,再看那人,就友好了许多,亲切了许多。只是她闹不清他来这里干什么,这周围可是没有人家的啊,他一定是远路上来的。她再次问道:"你从哪里来,有什么事要办呢?"

那人也是只望着她的嘴动弹,不知道她说了些啥,她意识到,对方也听不懂她在说啥,二人形同哑巴一对儿,这可咋办呀,只好用手比画了。那人便使用起了身体语言,他伸出双手,伸向她,谁也能看出来那是一个要东西的动作,他又张口做了个吃的动作。

哦,她明白了,他是饿了,正好,现煮下的一壶奶茶,还有烤好的一大块馕饼,她拿过洗手壶,提壶浇他洗了下脸和手,领进毡房,让他吃喝。

他真是饿坏了,吃相有点狼吞虎咽,多次呛着。

她说:"大饿的人,要慢点吃,到这儿就跟到家了一样,你放心,有你吃的。"她不知道对方听懂听不懂,反正这都是她心里想要说的话。

正在这时,北面传来狐狸的叫声,隐隐约约,那人是听不懂那是什么在叫,可是,归利夏提是能听懂的,那是红狐在叫,那就是叫给她听的,这说明有情况。她出门一看,从北湖方向来了几个骑马的人。刚来的那人似乎很警惕,急忙撂下碗筷,站起身紧跟着她的脚步伸颈向门外探视了一下,立即紧张起来,拔腿就要开跑。

归利夏提看到后,心想,你能跑到哪里去呢,你能跑过马腿吗?既然已认定你不是坏人,就应该帮你一把。她一把拉着那人,进屋,

早开的苹果花

快速地将靠房墙子的被褥、毛口袋、几盘马鞍子取过来。腾出一个人能卧倒的地方,让他躺下,她又把这些物件一一盖在那人身上,又小心地审视了一番,看没有什么破绽了,才装作若无其事的样子,坐在屋中间进晚餐。

这时,他儿子叶尔肯跑回来了,紧跟着有三匹骑马凶势势地来到房前,她出得门来,看到是三个背枪的军人。归利夏提有点明白了,那人原来是个逃兵,因为这之前有过几次,她亲眼看见抓逃兵的人,将逃兵戴上手铐砸上脚镣绑在马上押走了,听说抓回去也是九死一生。

那几个当兵的问她见一个人了没有,她用手摆了一下。看样子像个当官的那个指示一个当兵的下马进屋察看,那人将头探进屋内扫了一眼便退过来了,不是很认真的。然后,三个人顺来路拍马跑走了,就这样,归利夏提也是暗暗地紧张出一身汗。她知道,隐藏一个逃兵一旦败露,那将意味着什么。她不明白,鬼使神差地为什么要担这样的风险呢,她真有些后怕,但更多的是为自己庆幸,也为那人庆幸,她不愿看到一个有求于自己的落难之人受到更大的折磨。

她很激动,她也不问自己为什么激动,鞍具被褥下还藏着个人呢,而且是在一个寡妇的家里,藏的又是个男人,她哪里还有心思进晚餐,她去屋外四围又放眼察看了一番,直到觉得万无一失时,才回到屋中,把那人放了出来。她心想,抓兵的我哄弄走了,这阵你放心地走吧,跑也行,跑得越远越好,安全了就好。可是,取掉覆盖物后,她退后站着,等着那人起来呢,可是不见动静,她近前搭眼一看,那人却呼呼地睡着了。她的心一下子软下来了,可怜的人啊,他累坏了。看到眼前的情况,咋办?天已经黑了,叫起来让他走,该走到哪儿去呢?可我一个单身哈萨克女人家,又是寡妇,最惹人嚼舌头的,让一个男人留宿,咋办?她没有遇到这等难肠的事。正在她取决不下的时候,儿子叶尔肯跟进来了,小家伙看到上墙边卧着个人,放射着无邪稚气的目光,疑惑地望着妈妈,归利夏提便把孩子搂在怀里,说了事情的经过。叶尔肯终归是个不谙时世的孩子,他爬近那人,静静地端详了一会儿,说出了令做妈妈的归利夏提非常吃惊的一句话,他说:"那人好像我阿坎穆。"归利夏提立刻恼了:"你胡说!"叶尔肯吓得舌头一吐,再没说什么。但那句话却像小刀似的,在她心壁上划下了抹不掉的一横。

疲鸟知返

逃难的人,有几家回来了,回来的人家大都破败得不成样子了。人,风蚀日晒得焦发皮扎,脸黑得比锅底还黑。牛瘸蹄,马烂脊,狗舌头伸得有尺八长,见面了三言两语说不清,就是个抱着哭,也只有哭才能释怀对故土的思念和消融心中的委屈。归利夏提按乡俗,煮好奶茶,拿上馕饼去迎接、安慰回来的人。据来的人说,去的时候,一路上不间断地受到盛世才大军的拦挡骚扰,经过差不多半

早开的苹果花

年时间的东躲西藏晓行夜宿才到达阿尔金山地区。然后是分帮别群各奔一方，有的流落到祁连山的安南坝、太吉淖尔一带，有的躲藏在阿尔金山的哈尔腾、马海、博罗转井山里，还有的去了乌兰、都兰、格尔木一带。到那里后也不得安稳，受到毕善禄、黑喇嘛等土匪的抢劫，受到马步芳土皇上的压榨和盘剥，简直到了人间地狱。

人是陆续回来的，已回来了十多家，卡木斯台布拉克又恢复了人烟生气。归利夏提担心的是她家的几个房子的亲戚，有她的姑妈家，有她的舅舅家，她家的小花狗就是舅舅家表哥驮在骆驼上带走的，小花狗不愿意走，只好先绑上，走远了再把它放下来，小花狗走的时候，双眼含泪，好不戚惨。

归利夏提怔怔地坐在秋阳下，正在给那个人缝补一件旧皮衣，却忘了穿针引线，入神地想着小花狗别离时的可怜样子。就在这时，她觉得后背上有啥响动，掉过头去一看："呀，我的小花狗回来了！"小花狗不停地摇着尾巴，叫着，呻吟着，就往她的怀里钻，她拍拍小花狗的头，它一定是饿了、渴了，小花狗的食具她还留着，给倒上水，取了一块乳饼、一块馕饼，还取了一块熏肉，放在食槽里，小花母狗，像个上门的客人似的，它没有狼吞虎咽，而是趴在食槽前，很斯文很秀气地在进食。

归利夏提内心很是激动，她日日盼着亲戚们返回，小花狗回来了，那舅舅一家真的回来了，她就不孤单了，她急忙煮好奶茶，拿上馕饼就往中和拉跑，那是舅舅家原来的房圈子。

她到中和拉，舅舅一家还没有到，那是小花狗急着回家，先跑回来的。接着她看到几头牛从苇沟里过来了,她认出来了,那是舅舅家的缠腰花乳牛泗下(繁殖)的一子门子牛,一子门子就是一个家族的意思,它们也是在回家的路上迫不及待捷足先临了。对于家的概念,故土的概念,处于低级阶段的牛、狗比进入高级阶段的人来说,或许更为在意。

舅舅一家回来了,舅舅、舅母,这才几年工夫,就都老得没法辨认了。妹妹、弟弟回来了,他们沉默寡言,好像高兴不起来。嫂子和小侄儿也回来了,多俊的一个人儿,两个酒窝儿瘦成了两个坑了。唯独不见哥哥的身影,原来,哥哥被马步芳抓了壮丁,回不来了,嫂嫂抱住她哭了一鼻子又一鼻子。

倒是有一个人,好像带着多大的喜悦来见归利夏提,有点夸张地久别重逢的样子,他的名字叫居玛拜,是和归利夏提一块儿长大的吉格提(年轻男性)。居玛拜和归利夏提几乎是在同一年成家的,归利夏提的巴英(丈夫)和居玛拜的克林且克(妻子),也是错前差后离世的。一个是给巴依放羊遇到暴风雪,冻死在了黑山羊山,一个是临产大出血而亡。在逃难乱哄哄的人群中,因孩子叶尔肯命在旦夕的危急时刻,归利夏提找到居玛拜,求他留下来,帮她一把,而居玛拜好像是被逃难的洪流烧坏了脑子,执意要走。他伤透了归利夏提的心。

居玛拜来见归利夏提是有目的的, 他好像忘记了那时归利夏提求他留下来的那一幕,但是,归利夏提没有忘,她本当不给他个好脸子,但是碍于近邻的情面,她还是给他煮了一壶奶茶,接待

早开的苹果花

了他。

心有灵犀

还是回过头来,讲那个逃兵的事吧。

那人姓张,名叫张勇,是巴里坤人,五年前被盛世才抓兵,由于他家是祖传的兽医,他在骑兵团当了一名兽医。近几年来,他看到盛世才凶狠残暴,感到异常难过,不愿再跟着混下去了,便趁一次外出采购兽药的机会逃了出来。他逃到一个名叫芨芨窝子的地方,在一户养骆驼的哈萨克牧人家潜藏了许多时日,待搜索抓他的风头过去,他才走上了回家的路。但他不敢走大路,只好瞄着个大方向,沿着人烟稀少的草丛地弯,一直向东走来,差不多走了一个多月,才走到卡木斯台布拉克。赶走到归利夏提的房子时,他已断吃三天了,所以,那天归利夏提给他煮的那一壶奶茶,是他入世以来喝的最香的一壶奶茶,吃的那一块馕饼是世上最香的馕饼。也由于他太累了,躺过去,加之身上盖得过于严实,就睡过去了,睡过去就啥也不知道了。及至半夜,尿才把他憋醒了,一睁眼,看到那个女人还坐在一旁守着他,他觉得十分不好意思,过意不去,再看屋子里只有一个女人和一个睡着的小孩,更感到自己的疏忽和大意,很不礼貌,也不应该。他慌忙背起花褡子,给女主人欠身打个招呼,表示感谢,起步就要走。归利夏提站起身,堵在了门口,她说的哈萨克语,他不懂,但从她的动作和表情,他完全读明白了。张勇说话,归利夏提也不懂,但从他的比比画画看来,她也读懂了,是说"你这样孤儿寡母的,我一个陌生的大男人,住在一起是不合适的,会给你找来不必要的麻烦的"。归利夏提连比带画说的,张勇听明白了,是说"没关系,都是落难之人,就顾不了那么多了,这黑更半夜的,能到哪里去呢,住下吧,天亮了再说"。张勇被感动得几乎要落泪,他心想,我该拿什么来报答这心肠如菩萨一样的女人呢。

第二天,张勇醒来得还是有些晚了,他似乎觉得找到了一种久违了的家的感觉,他刚穿好衣服,归利夏提就提着一壶刚煮好的奶茶和馕饼进门来了,她还在达斯塔尔汗(餐布,相当于饭桌)上摆上了通常待客的一些吃食,如包尔萨克、库尔特、沙日玛衣(黄油)、方块糖之类的东西。张勇自幼在巴里坤长大,巴里坤是哈萨克牧人的游牧区,他家是兽医,经常和哈萨克牧人打交道,家里还交了不少哈萨克朋友,所以,哈萨克民族的礼行他知道得不少。

张勇当兵多年,他出身于一个医道之家,医道即善道,不论人医兽医,都是在行解除痛苦和挽救生命之善举,加之在一个乡野之地也算得上是书香门第的家庭的濡染和训导下,塑造了他恪遵礼义、守身自洁的品性,多年来在部队上落了个好好先生的名声。

他与归利夏提对面而坐,小叶尔肯还在呼呼地睡觉,归利夏提给他一碗一碗地盛着奶茶,还用小勺往他的奶茶碗里添加酥油,还给放上一块方块糖,倒把张勇喝得身上冒汗。由于两人语言的障碍,他对周围的环境和她的家庭情况一概不知,这样孤男寡女地在

早开的苹果花

一起,还过了夜,他越想越有点不自在,有点后怕,怕给女方和她的家庭带来麻烦甚至祸端。他以当兵的速度吃完早餐,翻站起身,拿上花褡子准备出门,只见那女人又一次堵在了门口。

他打眼给她,问:"有啥事吗?"

她送眼给他,他俩只有用眼睛交流了,也是心有灵犀一点通,两人相见相识相交连皮算上还不到24小时,居然相互能够读懂眼神了。

她把他拉出房门,只见房旁牛栏上拴着一匹备好了鞍子的枣骝骟马,还绑下一头三岁子乳牛,她连比带指地说,他似乎明白了个大意,就是要他设法去把这头牛卖了,换些面粉或者粮食,再买些清油回来能行吗,因为她家就要断炊了。

张勇心想,终于有了报答的机会,就是不行也得行,骑马他是没问题的,不仅没问题,而且是行家,他在骑兵团里练就了一身马上功夫,可以和哈萨克骑手相媲美。只是该向哪个方向走呢,他有些茫然不知所措。归利夏提早有安排,小叶尔肯已吃完早餐出得门来,他骑上一匹黑骡马,拿马鞭往北一指,然后,张勇骑马牵牛,小叶尔肯骑马从后面吆牛,很快,高耸的芦苇就遮蔽了他们远去的身影。

一路上,小叶尔肯很好奇,不停地问这问那的。他把张勇唤作阿尕(哥哥或大哥),问"司依尔"叫什么?张勇听不懂,小叶尔肯用鞍指他们赶的牛,哦,张勇说牛,叶尔肯便不停地说"牛,牛,牛"。张勇也顺便记下了"司依尔"。叶尔肯又问"阿提"叫什么?张勇说,叫马,于是,叶尔肯便"马,马,马"地说个不停。接着,他问"卡木斯"叫什么?叫芦苇。"卡木奇"叫什么?叫马鞭,就这样有问有答地走了一路儿。张勇发现这小不丁点儿的个歹家伙,特别的灵醒,他问过的东西居然都能记住,在回来的路上,就试着跟他做简单的对话了。他学的几句哈萨克语,是不经意放在脑子里的,没有当回事,因为他觉得以后不会有多大用处的,任其记忘两便去吧。

母子救狐

张勇终于清楚了这家人的情况,清楚了归利夏提母子两人孤零零留下来的原因,他可怜他们,同情他们,他以一个男人的视角审视这个家,审视这个家的空缺、寒碜和不完整性,没有多余的粮食、食油,缺少过冬的柴薪,还有衣着的添置和冬肉的宰杀等等,他盘算着再去卖一头牛或者马,给置办些吃食和物品,给刨一些刺墩,再给割些枯苇秆,做烧烤,然后,他就可以放心地离开了。

忽然,他听到了一个奇怪的叫声,在屋中做针线的归利夏提猛地跑出来,向北张望,见几个骑马的人影,晃动在苇丛中,她使劲一把将张勇拉进屋中,如上次一样把他藏了起来。

来的人,是打野牲的猎人,他们身背杈子枪,手拿绳索棍棒,归利夏提认识。他们说,昨晚上打着了一头大野猪,跑了,他们跟踪寻找,血路子朝东走了,他们渴了,到归利夏提这儿来要口水喝。归利夏提准备给他们煮奶茶,他们说,等不及了,要去赶伤猪,只每人喝了一勺头子凉水就拨马跑走了,虚惊了一场,把张勇捂出了一身汗,她笑得很开心。

张勇问:"是什么叫声,怪怪的,而且每次叫的时候,都来人?"正说间,小叶尔肯去卡拉吐包(青疙瘩)看牛回来了。叶尔肯眉飞色舞地说:"吐鲁孔(狐狸),克孜勒吐鲁孔(红狐狸),阿衣卡衣拉得(叫的)。"小叶尔肯几天来,一有空就缠着张勇学汉话,那小家伙特别的上心,而且有着超强的记忆力。张勇说:"那狐狸怎么来人就叫,像是给你们报信似的?"归利夏提和叶尔肯母子俩人连说带比又笑地说起了一个匪夷所思的狐狸的故事。

她是这样说的:

"部落东迁后的第二年,大约是秋天的一个夜里,突然听到一个叫声,我们听出来了,那是狐狸的叫声。一般来说,狐狸只有在想要怀孩子的时候才叫,叫上一两天就不叫了,可这个狐狸却没完没了地叫,夜夜叫,就在我们房子周围,而且越叫越近。我觉得不对,听那叫声颤巍巍的,似在呻吟,好像很痛苦的。大约是第六天上,叶尔肯从苇丛中抱来了一只奄奄一息的带着卡克板(捕兽器)的红狐狸,我们赶快取下捕兽器,但它的腿骨已经打折,无法站立,我们拿来水让它喝,再取来风干的肉——没有现成的鲜肉——让它嚼,慢慢地它活过来了。叶尔肯给它在房后挖了个洞,把它放进去,它就住下了,它不想走了,不到半个月,它就能提着一个伤腿走动了。它慢慢身体恢复了,同时我也看出它怀孕了,月份很大了,看它着急的样子,恐怕很快就要分娩。我拿锨去在一个僻静的刺丛里给它修了个窝,它顺利地产下了三只狐崽。从此,这一家子就成了我们的邻居,使我们难熬的日子有了些温暖。起先,都是叶尔肯给送食,反正,有我们吃的,就有它们吃的,我们吃啥它们吃啥,也不挑嘴。后来它又有了新的男伴,它又产了一窝,它在奶孩子的日子里,就由男伴给供食,有时候,它长大了的孩子也给它供吃的。它与叶尔肯的关系最好,有时它也提上一条伤腿到这里来,原来给它放的食槽还在,它寻着吃点东西,给我打个招呼,就又走了。它一般很少叫的,可是一旦叫唤准有情况,或者有牲畜来,或者有人来,看来它是给我们传递信息,慢慢我们也就习惯了。"

张勇听得张大了嘴,太不可思议了,他一定要由叶尔肯领上他去拜访一下这个怕是成了精的红狐狸。

归利夏提说:"最好还是不要去看,它的洞很隐蔽的,生人看一眼它会搬新家的,前几天有猎人来过了,很危险的。"

张勇听了红狐的故事,很是感动,他似乎有了一种触摸到归利夏提那颗纯洁无私的善良的心的感觉,多好的人家啊!

角色转换

归利夏提再一次把张勇挡在了门口。

那是他做完了计划中该做的事情,比如说,积攒够了她家过冬的烧柴,换回了过冬的衣物和吃粮。他看到小叶尔肯多的时候是精着脚板子跑来跑去,就自己做主给买了一双靴鞲棉鞋,可把小家伙高兴坏了。他本当是打算不辞而别的,他趁归利夏提去青疙瘩泉水上看牲畜的空儿,背起花褡子出门要走,他哪里知道,归利夏提却在门外站着呢。她说:"你真要走,我也挡不住你。"她是连比带说的,"这大的个苇湖,就住着我一家,孩子还小,我一个女人家,太可怕了,我夜夜睡不上个安稳觉,再一说,你出去也有危险,一旦被抓去,咋办呢。快到冬天了,你就住在这,我牛有呢,马有呢,吃的不愁,你看在我们母子俩可怜的分儿上,你就留下来,给我们做个伴,好吗?"

张勇望着归利夏提泪汪汪的凄苦模样,真有些不忍心,他心软了。他心想,盛世才他们一定不会放过他的,当初派壮丁,那是在地方乡绅的威逼下,按三比一抽丁的,他家弟兄三个,他是老二,就抽了他,这样回去,那还不是自投罗网吗?他想到这儿,便不敢再往下想了,他打消了在短时间内回到巴里坤的念头。

归利夏提心里一块石头落了地,她那张被苦愁折磨得像朵缩水的曼陀罗花似的脸又在雨露的滋润下焕发青春重新绽放了,她走起路来不再是那么的沉重,她开始注意修饰自己,洗了头,辫了两个大辫子,辫梢上还绾了两个黄蝴蝶,眉目间不见了阴云。

决定不走的张勇,似乎有了一种角色转换的感觉,他全身心地操心起这个家,那匹枣骝大骟马就成了他出行的贴身伴儿,他给它梳毛修甲,打鬃顺尾,这马本来就长得俊,经他打扮后,再将鞍鞯一披挂,就更像一骏中美男子似的,归利夏提在一旁做针线活,用眼睛的余光偷偷打量着,脸上红扑扑的,一抿笑意浮现在嘴角。

归利夏提家的牲畜撒在芦苇丛中,除了挤奶的两头奶牛,恋着被绑縻的布皂(当年牛犊),按时自行回来送奶外,其他牲畜都各自采食和饮水,偌大个苇湖,你想找到它们是不容易的,但有一点是肯定的,那就是每天它们必须到指定的地点去喝水,这个饮水点就是青疙瘩布拉克,除此之外,附近再没有喝水的地方。青疙瘩布拉克离归利夏提扎驻毡房的荆棘丛并不远,但必须绕一个大圈子才能到达,因为苇丛经过了千百年的沉积,芦苇春长冬黄再经年变枯,一层摞一层,就像一生没有梳理过的头发一样,纠结在一起,形成了密不透风的苇墙,也只有野猪在里面穿行和黄鸭在里面筑巢孵崽,其他任何活物都是过不去的。自从张勇留下来后,原来由小小叶尔肯定点定时去青疙瘩布拉克看牲畜的任务就由他承担了。

青疙瘩是一个自然形成的大土包,长约200多米,宽不到50米,四围是高及屋檐的芦苇,这里的芦苇长得格外青翠挺拔,人见人爱。那土疙瘩的北面,一溜排开三个泉眼,每个泉眼里都冒出小胳膊粗的一股子泉水,这一滩泉水就是归利夏提家的牲畜的饮水点,每到中午天热的时候,牛呀马呀钻出苇丛,肚子都吃饱了,来这里喝完水,到土疙瘩上一躺,这就是它们惬意的午休生活。

张勇骑着枣骝马爬上青疙瘩,牛马过了数儿,大小牛16头,马6匹,该见的都见上了,然后,他步行在青疙瘩上转了一圈,他有了新的发现。他看到了几个被遗弃的地窝铺,修得很坚固,有门有炕还有烟囱火道,他觉得,这是多好的栖身之处啊!他为什么这么想呢?原来他又把自己转换成了一个逃难者的角色了。

制止杀戮

一天,他们听到了红狐在叫,接着是一声枪响,他们都感到红狐有危险,叶尔肯飞身向红狐叫喊的方向跑去,归利夏提不放心,也跟了去。原来是三个猎人发现了红狐的巢穴,他们已经打了一只小狐狸,提在手里,正对红狐下手。看样子,他们看到红狐跑不动了,加之红狐红艳艳的无比漂亮的皮毛,不想打坏了皮毛,要活捉它。红狐已无处可逃,本能地向他们的毡房方向跑来,红狐即使提着一个伤腿,它跑得还是蛮快的,很快就投到了向它跑来的叶尔肯的怀里。三个猎人气喘吁吁地跑上来,就要从叶尔肯的怀里抢红狐,他们说,是他们首先发现这窝狐子的,理应归他们。叶尔肯抱着红狐连嚎带嚷地不松手,有个年轻一些的猎人没提防,被红狐咬了一口,手也咬破了。这时,归利夏提也赶到了,她给他们说明原委,但她的汉语虽然这些时日跟上张勇学会了不少,但要讲清眼下关于红狐的事理,还远远不够。几个猎人总以为是在抢他们的行猎果实呢。两家子你嚷他说的,终因为语言的不帮忙,冲突越来越激烈,猎人们放弃了谈判的方式,转而采取了武力征服的手段。他们将叶尔肯压倒,叶尔肯死不放手,那个年轻猎人就动手打叶尔肯的头。

正在这时,骑马去青疙瘩看牲畜的张勇回来了,他急忙喊道:"哎!你怎么打人啊,住手!"那年轻人久夺不成,又被红狐咬了一口,他没好气地说:"你走大路的不走,关你什么事?"张勇看到叶尔肯被压在地上,糊成个土蛋儿了,眼泪和着尘土,成了大花脸了,归利夏提只是抹眼泪。张勇下得马来,将马缰绳递给归利夏提,来拉架。不想那年轻猎人给了他一拳头,把鼻血打下来了,还骂道:"没你事,哪里来的哪里滚,别怪我不客气。"张勇不是那种莽撞人,他本不打算动手的,逼到这儿了,看起来不动手解决不了问题的。他用手把那人的后脖颈一捏,那人好像全身通了电似的,张勇松开手,把他拉起,叶尔肯也随之翻了起来,红狐他还抱在怀里。张勇放了那年轻人一马,没想到,他反手又向张勇的脸面打来一拳,这次张勇躲过了。一而再,再而三地让着他,他却不知趣,也把张勇的火给斗起来了,张勇在部队上学过格斗,而且练就了一身真功夫,他举起两掌,像刀一样地砍向那人的两个大臂,那人两膊立时发麻,抬不起来了,接着张勇伸掌一推,看似没有用劲,那人已被推出五六米,一个仰面朝天跌在了芨芨墩上。另两个老一点的猎人刚准备摩拳擦掌地给那年轻人添拳呢,一看这等阵势,吓得扭头搀扶起同伴就跑。

　　张勇的表现,使归利夏提十分吃惊,她没有想到,看似文文雅雅、规规矩矩连个女人都不敢正眼看的人,竟有这等本事,他在她心里的分量更重了一些,她用深情的目光望着他,望得他不好意思起来。

早开的苹果花

喜遇牧牛人

他们像一家人过日子,女主内男主外,日子过得风平浪静。离冬天不远了,归利夏提把她丈夫原来穿过的冬衣翻腾出来,一件内里栽骆驼毛的黑面子条儿绒的袷袢,一件大腿面上采用线条形式绣着曼陀罗花的光板皮裤,一顶沙狐子皮做的卡勒巴克(三扇狐皮棉帽),再就是一双高腰棉皮靴。归利夏提是个细心的女人,她保管得很好,樟脑味很浓,她拉过张勇试穿了一下,不大不小,不肥不瘦正合适,简直就是给张勇量体定做的一样,归利夏提心中的得意从眼睛里流露了出来。

为了红狐的安全,他们给红狐搬了家,搬在离毡房近一些的一个大芨芨墩下面,这里僻静,视野开阔,有啥情况了,随时好照应。

一天早上,红狐又叫了。红狐叫,必有来人,来的是一位找牛的牧牛人。

张勇自然是又藏起来了,他钻进了他早就瞅识好的一块特别稠密的苇丛之中。他孤悬苇城已有些时日,对外面的情况一无所知,他是一个逃难之人,情势逼迫他,必须打探消息,窥测方向,以决定是进还是退。他看到是一个少数民族模样的人,不会给他造成威胁,于是从苇丛中走了出来,倒把归利夏提吓了一跳,眼睛睁了那么大,心想,你好好藏着,咋跑出来了?张勇给了归利夏提个手势,意为安慰。来的人是一位维吾尔牧牛人,他在苇城东边的马莲滩放牛,一头四岁子大犍牛走失了,问他们见了没有。维吾尔牧人是个见面熟的乐和人,和张勇很谈得来,归利夏提见张勇情绪好,特别开心,她觉得机会难得,也应该让他开心开心了。她烧了一壶奶茶,就在门前席地而坐,和那人攀谈了起来。那人东拉西扯,说了不少新情况,他说:"这两天省城闹得不安稳,听说西面的已经打到玛纳斯河跟前了,琼吉县的20团,也就是骑兵团调回迪化了,这些害人精,不是派草,就是要料,总算把这些瘟神送走了。"听说骑兵团调走了,张勇好像身上捆绑的无形的绳索一下了解开了,他长出了一口气,把一碗滚烫的奶茶端起一口气喝了下去,惊得归利夏提直伸舌头。

杏熟蒂脱

听到骑兵团调走的信息后,张勇把活动范围扩大了一大圈,他除了骑上枣骝骟马按时去青疙瘩布拉克看牲畜外,还沿着苇城实地察看了一下,看到北戈壁一带有野马、野驴和黄羊。他闲暇无事,去北戈壁白草地上埋下一个捕兽器,就是打折红狐腿骨的那个捕兽器。头天埋下,第二天去看竟然逮着了一个当年产的黄羊娃子。今年雨水广,戈壁绿茵茵的,黄羊娃子不仅肉嫩,还有一层膘。是叶尔肯学手搭刀子的。

这两天,张勇的心情特别的好,一直紧张、锁闭的心情得以松绑,看啥都顺眼了,看花花红,看草草绿,看芦苇挺拔俊秀,看眼前的毡房子,白生生的像刚冒出粪土的白蘑菇,又像喜庆日挂起的一盏盏宫灯。再看归利夏提,长长的睫毛,黑黑的发辫,棱棱的鼻子,还有那煮奶茶时的甜美专注,还有那饱满的乳房,让胸前的一颗黄铜钮子在与扣眼做拔河表演,显然是衣衫小了。

归利夏提在煮奶茶,她把茶壶清洗了多遍,黄铜茶壶的盖子和鼓肚处被擦得泛光锃亮,她添上洁净冷冽的泉水,再拿过来茶叶袋,是那种砖式的米星黑茶,她用小刀削成小块或粉末,投在茶壶里,便搭在土灶上用慢火来煮。她守在一旁,待水滚开了,再投放盐巴和牛奶。她做得是那么精细、专注,使茶、奶、水与盐巴四者融为一体,汤稠稠的,泛着乳黄色,这可能就是她煮下的奶茶格外香的原因吧。她感觉脑后脖颈处热烘烘的,她知道有一双热辣辣的目光在盯着望她,她的心在嗵嗵地跳,跳得她的脸有些红了,她有了一种花开柳绿的感觉,她的身体里发生着汩汩涌动的变化。

张勇最爱喝归利夏提煮的奶茶,他不知她是怎样煮成的,可能是用心煮的缘故。

他们的晚餐是手抓黄羊肉,肉煮得软硬适度,由于是黄羊娃子肉,入口即化,直抵咽喉,扑鼻的香。这时,归利夏提忽然想起了红狐,啊,怎么把它给忘了呢,她把羊骨头收集起来又抓了一把肉起身准备给红狐送去,张勇说:"拿来,我送去。"正说话间,红狐来到了门口,它吱咛了一声,接着舔嘴抹舌不好意思地抿嘴一笑,归利夏提也笑着说:"红狐也是我们家一口子,怎么能把它忘了,实在对不起啊!"张勇起身把肉和骨头倒在门外的红狐的食槽里,还把红狐的头捋了捋,说:"吃吧。"没承想,一个整羊羔子,三个人加上个红狐,竟然吃得所剩无几了。羊肉,特别是野生羊肉,在中医那里,称作大补,而凡俗食者是只知其然而不知其所以然。是时,张勇和归利夏提两人只觉得身上有些燥热,心神有些涌动,他们有了一种需要,而且是那么的迫切。小叶尔肯早就熟睡过去了,本来归利夏提是睡床的,唯一的一张单人床,是那种适应游牧生活能拆卸便于驮运的两头跷起的床,哈萨克语叫"陶塞克"的那种。此时,她把叶尔肯抱在了床上,安顿他睡好。天上一沙沙月光,从墙拉克(房顶)上洒下来,给人一些吝啬的光亮,继而又被云块遮挡,造成一种迷蒙的效果。归利夏提铺上睡毡和褥子,再拉开被子,空间本来就小,两床被褥挨得很近,她说:"睡吧!"待在一旁的他,坐在毡沿边,两个人便摸黑窸窸窣窣地脱衣服,在钻进被窝的刹那,他们的胳膊碰在了一起,随即,两人的手捏在了一起。几乎是在起跑线上不待裁判吹响哨音,两个人便心照不宣地相拥在了一起,说滚在了一起似乎更准确一些。他们像新婚,又不是新婚,是不是新婚的新婚。他俩是真心爱慕的,但他俩更是理智的,他们考虑了许多,考虑了许久,他俩走到了杏熟蒂脱、阴阳天合的阶段。他俩是久旱的雨,来得酣畅淋漓,来了一次,又来了一次。

早开的苹果花

喜忧参半

由情到性,像小鸟归了巢,是爱的升华。张勇对自己的婚姻有过设想,有过规划,但不是这个样子的,他没有想到他的爱情会在这儿等着,如此端庄青春、善解人意、不用语言就可以把爱直抵心底的人儿在这儿等着他,他感到异样的幸福,他认为这是天意。

他也隐隐地意识到,他的结合太为顺利太为平静了,谁来证明呢?无风无浪的,会不会无风无浪的后面紧跟着大风大浪呢?但他是坚定的,他要一直走到头,除非归利夏提有变,他要用自己强有力的胸膛罩着这个可怜而又心爱的人走完一生。

张勇逃离部队的时候,他什么都舍弃了,唯独三本医药书籍他舍不下,那是他爷爷传给他的,只要闲暇,他就要看上几段。自来到卡木斯台布拉克,他一直是心神不定,所以那些书籍也就一直在花褡子里睡大觉。昨晚后,他才做到了气定神闲,找到了家的感觉。为长远计,他不能荒废了业务,他拿出医书,认真地研读起来。归利夏提和叶尔肯看到后,眼睛一亮,都感到新鲜,围过来凑在一起翻看书中的中药材插图。他们趴在他腿上搭在他背上,有问有答,又说又笑,浓浓的亲情气息使他惬意,使他熨帖,使他深深地陶醉。

张勇给归利夏提说,他要出去一趟,归利夏提也不问他去哪儿,就说:"去吧,早点回来吃饭。"

张勇鞴好了马,搭上花褡子,向东去一个小县城。琼吉县曾经驻扎过他们的骑兵团,他暂时是不能去的,就像是心里的隐病。

来到小县城,他到商店买了一对银手镯,一对银耳环,这是哈萨克妇女最喜欢的饰物,还买了两双丝袜子,身上带的钱就花得差不多了。他节省着到一个小饭馆吃了小半斤炒面就准备返程。出得饭馆,只见得有两家搬家的哈萨克牧民的驮子,他心想,好像还不到冬牧转场的季节啊。只见他们把驮物件的骆驼操卧在路边,骆驼哇哇地叫着,不论男的女的还是小孩子们都是衣衫褴褛,蓬头垢面的。经打问,原来是前几年逃祸的哈萨克牧人回来了,他骑马走过的时候,还隐隐约约听到有人说到,那人骑的马好像是归利夏提家的枣骝马啊。张勇怕的就是这,怕处有鬼呢,而偏偏就从怕处来了。他拍马赶回卡木斯台布拉克,把这个消息告诉归利夏提,这个消息对他来说,是好呢是坏呢,令他忐忑不安,但对归利夏提来说,绝对是好消息。她一下子抱住张勇的脖子,喜泪糊了他一脸。

张勇陷入了沉思,他把该办的事已忘了个一干二净,他想起了青疙瘩上的地窝铺。这天,一夜无话,虽是"新婚",但他与归利夏提亲热时,往往走神。归利夏提以为他累了,也没有在意。

归　来

逃难的人先回来了几家,重要的是归利夏提的舅舅一家回来了,居玛拜也回来了,据居玛拜自己说:"主要是为了她才回来的。"

张勇对归利夏提说:"我们的事不能再继续下去了,我一个汉族男人住在一个哈萨克族寡妇家里,总不是事儿,算啥呢?你们部落的人,你们的亲戚回来了,咋样交代,你咋有脸面去见他们呢?"

张勇的情绪很低落,唉声叹气,很是失望。归利夏提却表现得异常镇定,她和他想的不一样,她早就想到过了,这是她想过百十次后做出的决定,该承担的她都承担了,怕啥?我找个男人有错吗?汉族人咋啦?在我极度艰难孤立无援的时候,是谁搭救我母子的,其他人在哪里呢?她说:"耶日阿扎玛提(丈夫),别怕,一切有我呢。"

张勇听后觉得,归利夏提说得也在理,但他毕竟是一个传统意识比较浓厚的书香之家立身的人,他对归利夏提说:"我们以后要在人面前活人呢,总不能让人们说三道四啊。"他说:"你看这样好不好,我们暂时分开。"

归利夏提听说要分开,急了,她下意识地认为他要离开她:"不行,不行,你分开往哪儿去呢?不行,绝对不行。"她这一段日子学会的汉语毕竟有限,一腔的话儿无法表达出来,她能说出的话就是不行,不行,不行。

张勇爱怜地把归利夏提抱在怀里,他把语气放得缓缓的,说:"我想是这样的,那个青疙瘩上不是有几间地窝铺吗,你知道,那是农区放牲口的人盖的,有一间的门还在,严严实实的,那也是放牲口的人过冬住的房子,我为什么就不能住呢?我住那儿,离你这儿又近,随时就可以过来,等你给亲戚们,特别是舅舅一家说清楚了,征得了他们的同意,我再搬过来,这样不是很好吗?"一席话说得归利夏提只是个点头,泪汪汪地望着张勇笑了。

情敌挡道

说搬就搬,其实张勇有啥可搬的呢,他来的时候,除了两个肩膀架一个头外,再就是肩上搭的一个骑兵用的花褡子,而且褡子里只装着三本书,再也没有啥可值钱的东西了。为了张勇不挨冷不受冻,归利夏提扯了两条毡子,还取一条被子和一条褥子,先送到青疙瘩的地窝铺里。他俩又割了些湖草,湖草柔软,铺在土炕上。这土炕是带火道的,房顶上有烟囱,地坑里架上火,炕就热了。

归利夏提以一个主妇的角色,头包头巾,用芨芨草扎了把笤帚,将地窝铺打扫了一遍,再把毡、被、褥铺了上去。门是户儿家用的那种有小窗格子的风门子,糊下的纸已经糟烂了,就不用糊了,拿来一张羊皮堵在上面就可以了。归利夏提心想,只不过临时睡一睡,也不必当真。她说:"晚上还是回去到毡房睡,你不在,毡房里空落落的。"她见张勇没有反应,扳过他的肩膀说:"听着了没有,我给你说话呢!"张勇笑着说:"听着了!"

归利夏提去做舅舅的思想工作,她是吃了秤砣铁了心了,做通了通,做不通了也得通,我个人的事情我做主。她先找了表姐和表

早开的苹果花

姐夫,年轻人心的距离近一些,她把咋来怎去的情况一说,就得到了表姐、表姐夫的理解,她们要看一下未来的妹夫呢。

行!归利夏提当即表了态,就把表姐、表姐夫领到青疙瘩牛房子上,张勇正在门外坐在草地上看书的呢,他正襟危坐,像个军人样子,归利夏提和她表姐、表姐夫的到来,张勇没有一点思想准备,他哪里知道这是在演"甘露寺相婿"呢。由于天气热,他敞胸露怀,见到生人,又加是女的,他很不好意思,急忙起身掩扣,但还是被来相婿者看到了他发达的胸肌,再见那中上的个头,挺拔的身材,英俊的脸庞,谦和的态度和那温柔又透着英气的眼神,一下子把表姐和表姐夫给征服了。表姐心想,难怪表妹是那么上心,像这样的男人不要,那不成苕子了吗。

表姐夫的汉语说得不错,两个男人站在门外喧话,两个女人进到窝铺,归利夏提见被褥还堆在炕上,边说边趴上土炕给折叠被褥,清扫地面。她像在埋怨:"你看,几天没来,就把房里整得乱鼓冬冬的,不像个样子了。"表姐掩嘴笑了一下,扶着归利夏提的耳朵说:"看你的样子,你们已经那个了吧?"归利夏提故作镇静地问:"哪个了的?"表姐随手把她捏了捏:"就这个呀!"说着,两个人抱在了一起,笑成了一团。

表姐、表姐夫的这一关很顺利地通过了。

她们在去中和拉的路上,遇到了居玛拜,他骑着一匹很有性头的铁青色骟马,他说找归利夏提说个话。居玛拜是这一带的摔跤手,四岁子大脖牛,他双手扳角一鼓气就能放倒。逃难的人家,已回来了二十多家子了。盛世才遇到了麻烦,自顾不暇,军队都调回了省城。回来的人,回到了他们繁衍生息的故土上,就如乘着温暖的春风飞往北方的大雁、天鹅一样,有的就是兴高采烈。为了庆祝胜利归来,他们要举行一次集会,要赛马、刁羊、摔跤、姑娘追,居玛拜是跃跃欲试,自信胜券在握的。

居玛拜是找归利夏提来的,他一向风风火火,说话粗声野气的。他说:"归利夏提,我听说你房子里来了个汉族男人?"是审问的口气。

归利夏提不想招惹他,就说:"来了个找牛的人,他的几头牛丢失了,来苇城找几天。"

居玛拜说:"还是撵他走,我看他像个贼,我是为你好。"

表姐说话了:"居玛拜你是为你自己好吧,你别把头想得裂开缝子了。"

居玛拜有小辫子攥在表姐手里的呢,他不敢恋战,拨马就走,但他撂下了一句狠话:"你不撵,我会撵他的。"

张勇医马

乡亲们回来了,归利夏提有了孤雁归群的感觉,她一一去拜访他们。回来的乡亲们大都住在他们原来的卧柔(驻地),不在苇城东就在苇城西,再就是苇城中间的中和拉、下和拉和马莲滩,这一带水草丰美,地势平坦,是清代所选定的军马场。多好的地方啊,有些老年人回来后,跪倒在地上亲吻着草原不起来。大家都羡慕归利夏提,说她运气好,没有跟上受这一趟罪。可归利夏提不这样认为,她说,她心神所受的苦难不比你们轻松,我一个人孤苦伶仃的,多年来没睡过个安稳觉,再这样下去的话,我会疯了的。

她去了头人家,头人家住在马莲滩。她去头人家的那天,头人的骑马病了,病得很厉害,马肚子胀得老大,不停地起卧,头人只是无望地叹息搓手。这马五岁口,是东天山宝格达马种的后裔,海骝色,胎里带走,是头人花了重金从一个回族马牙子(做马生意的人)手里买来的。他把这马看得比命还重,自己的女婿想借骑一次都舍不得给。看到这情况,归利夏提想到了张勇,但想说又犹豫,她怕张勇治不好会担待责任,又一想,他们的事,最终还得仰仗头人支持,如果把这马救活了,那该多好。她向头人推荐了张勇,头人求之不得,立即把绑在拴马桩上的一匹骑马,也不管是谁的,解下缰绳,交给归利夏提去驮张勇。

头人家与归利夏提家,也就一箭之地,但有苇湖隔挡,得转很大一个圈子。张勇是兽医,听归利夏提讲明情况,还是军人的作风,不敢懈怠,立即鞴马,与归利夏提各骑一匹马直奔马莲滩而来。

张勇赶到,见躺在地上的病马,也不跟人打招呼,一个蹦子跳下马来,从花褡子中取出听珍器。这时马已经奄奄一息了,痛苦得有出的气没有进的气。看到马肚子鼓得那么大,首先认定,得的是结肠病,而且必须先行放气减压,但这个手术是很危险的,必须掌握好度,否则会气崩了,马就没救了。张勇在与死神抢时间,他小心地手执一个针管趴跪在病马身后,在马的欠窝处把针管扎下去,双手掌稳针管,让气体慢慢从针管中放出,只见马肚子渐渐瘪下去了,马"吭、吭"地咳嗽了两声,四蹄活动了一下,它准备起身,静静围观的人顿时喧哗起来,都以异样的目光打量着这个了不起的年轻人。

病马站立起来了,头人高兴地嘱咐家里人赶快提壶给张勇洗手,快让他坐上达斯塔尔汗,准备上奶茶,马上动手宰羊。张勇笑着说:"别忙,马的病还没治呢。"头人说:"这不是马站起来了吗?"张勇说:"等会它又会倒下的。"

张勇在细心地观察马的各种反应,他看到马很不舒服,像站呢又像要卧呢。马是很聪明的家畜,它拿眼睛望了望张勇,似乎是一种求救的眼神,张勇跟马打交道多了,他太懂马了。

张勇平时是不吸烟的,这会儿,他拿不定主意,他向身旁的一个正在吸烟的哈萨克年轻人要了一支烟,正准备借火点烟,突然看到那马频频地掉头向后望去,他心头的一块石头落地了,他要马上动手施救。他把那支烟仍送还给年轻人,他的举动使围观的人们感到莫名其妙。他知道了,马的回望已明确地告诉他,是后结,而不是前结和中结,按眼下的条件,若是前结和中结,怕是没救了。

他解开纽扣,露出一只胳膊,要了一盆水,再要了一块肥皂,他把肥皂打在胳膊上,然后拉着马尾巴抻了抻,见马很配合,他让人帮忙牵好马头,抓好马尾,他便将打了肥皂的胳膊很滑润地擩进了马肛门,一把又一把地把结草取了出来,直到他在马屁股上拍了一把,那马放了个响屁,总算大功告成了。

心心相印

归利夏提觉得再不能耽误了,让张勇一直住到青疙瘩的窝铺里也不是事儿,首先每天吃饭就是个大事儿,绕那样一个大圈子,跑许多冤枉路。而她家回访的人也不少,按牧人的生活习惯,正如有杂话说的,"骑马浪房子,奶茶灌肠子",两壶茶就能喝得太阳落山了,晚餐一般又吃得很晚,有时远路上来的客人,天黑了就不走了,住下了,如此等等,促使着归利夏提下定决心要尽快办完他俩的事儿。

归利夏提最近以来,常常陷入云飞雾绕、翻上倒下的深思。在张勇搬去青疙瘩的日子里,脱开了缠绵的身子,有了一个冷静的空间,她觉得自己是不是干了一件糊涂事,有时,脑子里像一团乱麻,像是浑浑噩噩过来的。可是继而一想,又觉得非常清醒,每个细节都清清楚楚记得,包括不敢撩起眼帘的一个眼神,缚手缩脚的举动,吞吞吐吐的话语,回忆起来是那么的会心,是那么的温馨,也觉得好笑。她看到他那么英俊,那么理智,那么善良,又是那么乐于奉献。"而我有什么呢,一个走到人前不再光鲜的寡妇,家道是这样的贫困,在他第一眼看到我的时候,我在他眼里肯定是那么猥琐,他满可以喝上一碗奶茶,吃饱了肚子走人,可是他留下来了,这得要多大的勇气啊!"

心有灵犀一点通。现代科学发展到今天,透视无障碍,信息满天飞,靠的是什么呢,靠的是一种无形物质。那么,人的心心相印、相通,是不是也有一种无形的物质在传递呢?归利夏提在脑海里不断地回放影像的同时,张勇的脑子也没有闲着,在他的第一印象里,这个女人是那么无助,身子有点弱不禁风,眼神透着信任和渴望。而当抓逃兵的危险突然降临的时候,在还来不及思索的瞬间,她义无反顾地以弱小的身子挡在了危险的前面。他设身处地地想了一下,倘若是自己,遇到的是一个与自己没有丝毫情分,甚至连名字都不知道的人,为他遮风避雨,为他担待灾难,能做到吗?那样的内心是何等的善良,是何等的强大啊。她以连自己都不能暖身的热量来暖他的心,处处护着他,恋着他,常常使他感动得暗暗垂泪。在爱他、他爱的滋润下,她几乎是在一夜之间恢复了青春与靓丽,渐渐丰满的身子和清秀的脸膛,常常使他有了一种欣赏那山野里托着露珠滚动的山花的美妙感觉。她为了他,什么都可以舍得,她在如铁桶一样相箍的强大传统理念下,做出如此可以称得上"出格"的选择,这需要多大的勇气啊,这是爱的力量,更是理智的催生。再三掂量,自愧不如。他感谢上天,给了他这样的福分。

早开的苹果花

牛的世界

青疙瘩布拉克,来这儿饮水的牲口比往常有了增加,主要是牛。张勇很操心自家的牛,他家的牛,他是认识的,时间长了,牛也认识他,见了面,它们伸着方方的嘴头,对着他轻轻地哞上几声,像在问好,或者把长舌头放在鼻窟窿里舔几下,究竟是啥意思,张勇捉摸不来,但肯定是表示友好的意思。为了不使牛们讨个没趣而尴尬,他也扬手打个招呼,牛们就扇扇大耳朵,满意地掉头去卧在土梁上闭目反刍,而小牛们则精力旺盛地撒欢撂嘎子地玩上一阵。

新来的牛是跟着人们回来的牛,主人家就住在苇城四周。牛这东西是热骨头,最初见面或许会表现得不友好,特别是脖牛,自尊心都很强,如果有乳牛在一旁,两个脖牛见了面,首先是眼睛发红,再就是脖颈挺上做个发怒相,它是做给对方脖牛看的,也是做给母牛们看的。如果两头脖牛都是硬汉子,就难免会有一场恶战。脖牛交战,先是用前蹄挖土,把土挖起老高,像战旗一样飘洒在高空,直至挖出一个大坑来,然后是砥砺两只利角,这角有的细长尖利,有的短粗有力,使人望而生畏。它们把角顶在芨芨墩上或刺墩上挑逗,以图吓退对方,用的是心理战术。一旦交战,四只角交叉在一起用千钧之力相推、相抵、相震,那架势使人不寒而栗,结果是败者为寇,远走他乡,因为脖牛是独行侠,身带一柄尚方宝剑,走遍江湖不拿通行证的茬儿。胜者为王,它会高傲地在母牛面前走来走去,尽显它不可一世的威风。

哈萨克族有这样的谚语:"头一次见面是朋友,第二次见面是亲戚。"我发现牛也是这样的,当然要把脬牛刨除在外。牛一旦搭了群,互相认识了,就成了朋友,时间长了,就离不开了。它们也讲究"闺密",不论母牛在一起,还是犍牛在一起,互相给舔痒痒,互相套着角玩耍,吃草在一块,饮水在一块,形影不离。有谚语说:牛搁三年角套角,人搁三年刀子戳。细细想来,还真是这么一档子事,但是让人想不通的是,人都是高级动物了,咋会是这个德行。扯远了,打住。

由于陌生的牛来青疙瘩了,也引来了陌生的人,来者大都慈眉善目,彼此握握手,做个介绍,喧喧话,抽个烟,就走了。唯独一位五大三粗的爷们,骑着一匹铁青色马,见了张勇像警察审问犯人似的,他自称是苇城的守卫者,叫他赶快走人,如果苇城发生了火灾或者丢失了牲畜,要拿他是问,限他一周内搬走,不然的话,会对他不客气的。张勇把这话说给归利夏提听,惹得归利夏提忍不住地哈哈大笑,张勇总算放心了。

黄鸭一家人

从归利夏提家到青疙瘩,中间隔着苇丛,径直走不超过200米,弯着走得两公里。归利夏提和张勇打算打通这个小道,他们计划从

早开的苹果花

两头割陈芦苇,不仅路通了,割下的芦苇还是上好的烧柴,一举二得,说干就干。

张勇去供销社买了两把镰刀,每天早晨起来他俩割上一阵,下午天凉了割上一阵,进度还是蛮快的。割到中间,一对黄鸭从苇丛中飞起,原来那儿是黄鸭的家,窝里有五只小鸭,悄悄地趴卧在用苇叶盖着的窝里,一动不动,它们以为这样就能把捕食者哄过去了。归利夏提看着小鸭们稀罕可怜,就没再往前割。

第二天,归利夏提早早地提着茶壶,拿着馕饼来到青疙瘩,给张勇送来早点,以往都是张勇过去吃的。

张勇问:"你咋送来了,昨天下午,你是不是有啥事,我看你割了一阵就不割了?"

归利夏提说:"遇到了一户人家。"

张勇说:"你说笑话呢吧,苇丛中哪里来的人家?"

归利夏提说:"还是个大家庭,一家七口呢。"

张勇说:"七口啊?"

归利夏提就把遇到的情况给张勇说了,她还说:"为了我们的家,也不能毁了人家的家吧,都是个生命,等过几天,小鸭长大,能飞走了我们再割,你说呢。"

张勇说:"你这样做,是对的,老天会看着的。"

归利夏提望着张勇,眼睛有点湿润,她伸手把张勇的脸轻轻摸了一下:"说,胡子又长了。"

张勇说:"是的,该理个发了。"

归利夏提说:"来用早餐吧。"她从提袋里取出达斯塔尔汗,茶碗,包尔萨克,还有半碗酥油,再掏,她吃惊地说:"你看我这脑子,忘拿筷子了。"

张勇说:"我褡子里有。"他说着下炕把花褡子拿过来,用手一掏,他啊呀的一声,说:"你看我这脑子。"说着,他从花褡子里掏出的不是筷子,而是一个纸包。归利夏提拿眼望着,只见张勇小心地打开纸包,却原来是明晃晃的一对银镯子和一对带坠儿的银耳环。归利夏提吃惊地望着张勇,心里却已渗满了甜甜的糖水。

张勇说:"我就要做你的库遥(丈夫)了,可我给你连个手绢儿也没带来,虽然说,这些东西还是拿你的钱买的,但我以后会补上的,这就算我的一点心意吧,你戴上,我看着,你就真正成了我的克林且克(妻子)了。"

张勇低头取手镯,归利夏提两眼里已溢满了泪水,张勇拉起归利夏提的手,将手镯给她戴在手腕,归利夏提已成了泪人了,她扑在张勇怀里放声哭开了。她觉得她的整个身子被爱融化了,她觉得,此时此刻,她成了这世界上最幸福的女人了。

张勇为归利夏提揩净泪水,又为归利夏提戴耳环,他俩面对面地站着,张勇粗重的呼吸气息扑到她的脸上,是那么的炙热,似乎有一种雄性的渗透和拥抱,她伸手紧紧地抱住了张勇,闭着眼用嘴蹭摸着张勇的嘴,他俩还没等另一只耳环戴上,就已经开始腾云驾雾了,胶合在一起久久不能分开。他们把失魂落魄的爱留在了这不起眼的青疙瘩地窝铺里,他们还不知道,这竟是一次壮举,他把最优良的种子播进最肥沃的土地上。归利夏提怀孕了。

攻　关

　　自从张勇为头人治好了那匹有名的海骝骟马后，他好兽医的名声不胫而走，找他看牛看马的都往归利夏提处跑。归利夏提有了很好的人缘，张勇看牛看马，一般是不收费的，他用的兽药大都是他在苇湖和沙窝里采集的，所以，他结交了不少哈萨克朋友。

　　归利夏提不来月经，经常发呕，她是过来人，她知道是咋回事，她是又喜又怕。喜的是怀上了心爱人的孩子，怕的是未婚而孕，会丢大了人。她没有给张勇说，因为说给他不仅帮不上忙，还会给他加重心理负担。她本来是打算从长计议的，因为他们的结合，太为异常，太为特殊了，能不能得到家族的理解和接纳还不知道，不能急于求成，得慢慢做工作，比如，她做好了表姐、表姐夫的工作，再找个恰当的机会共同做舅舅的工作，可是还未来得及做，就……归利夏提想不下去了。现在的关键就是尽早地结婚，要能实现这个愿望，最大的症结在两个人，一个是舅舅，一个是头人。征得舅舅的同意，舅舅在家族中的威望很高，他一同意，亲戚们就没话可说了。

　　归利夏提这次狠着心卖了一头四岁子条牛子，牛是张勇与叶尔肯吆上去卖的，她嘱咐买回10块砖茶，10包方块包子糖，一板咔叽布，两顶大号呢子礼帽。那时候，哈萨克人中间，有身份的能戴一顶黑色或砖灰色礼帽那是很时髦的。她能想到的都想到了,再贵重的礼品她也无能为力,拿不出来。

归利夏提连一分钟都不敢耽误了,她约上表姐骑马到中和拉舅舅家,先探探舅舅的口风。舅舅这些日子缓过来了,脸上红扑扑的,他说:"还是家乡的水土好啊,牛马上膘了,人也吃胖了。"

归利夏提问过安后,还没等她开口说事,舅舅先说开了。他说:"丫头,好事啊,有人给你提亲了。"归利夏提往厨灶处一看,厨桌上放着两块茯茶和两包方块糖,她笑了一下,没吱声。

表姐是个直性子人,她着急地问:"阿卡,克木?(老爸,谁啊?)"

舅舅说:"这人我也觉得不合适,他把礼品放下就走了。"

表姐说:"觉得不合适,还收人家的礼品,到底谁啊?"

舅舅说:"居玛拜,为这事,往这儿跑了好几趟了。"

表姐说:"表妹,已经有人了。"

舅舅问:"谁?"

表姐说:"张勇。"

舅舅再问:"是个汉族人吧?"

表姐和归利夏提同时答道:"是!"

舅舅沉思良久,然后说:"我听居玛拜说了,这是个大事,我们这里没这个先例,你们既然到了这个分儿上,你们先回去,容我想想。"

表姐和归利夏提从舅舅家出来后,两人相对一笑,觉得舅舅还是通情达理的,这一关再加把劲,就可以攻下来了。

勇接战书

第二天,照表姐的安排,归利夏提喊上张勇,马上捎上四块砖茶,四包子方块糖,半匹咔叽布还有一顶漂亮的大礼帽,表姐约上表姐夫,四个人骑马来到了舅舅家。

舅舅、舅母一看这阵势,这重的礼行,他们知道是啥意思了。再一看相貌堂堂、一表人才的未来的外甥女婿,老两口乐得嘴都闭不上了。舅舅说:"谁家不想把自己的孩子嫁个好人家呢,只是头人那里,你们咋么想的?说来听听。"

表姐说:"我们也准备了礼品,只是得爸爸你出面呀。头人那儿,上次妹夫把他的心肝宝贝骑马救了,人他是见过的。"

正在这时,外面狗咬,随即从门里挤进来一个熊腰大汉,提着一个袋子,怪沉的,好像装的是肉之类的东西。他脱去狐皮大帽,人们才看清楚,他是居玛拜。这家伙性格古怪,还没入冬里,他却把冬天的行当武装上了。他回头看到归利夏提也在这儿,还有张勇,脸上怪不好看的,他什么话也没说,又出门走了。表姐眼一翻,嘴一撇,说,这个津得尔(苕子),总是疯疯癫癫的,还心里想得美得很。

舅舅见居玛拜不言不喘地走了,知道他肯定是为归利夏提的事,就跟了出去。

归利夏提的上面,父亲母亲都过世了,又没有哥哥姐姐,所以,舅舅就可以当这个家。

舅舅出去好大一会儿才回来的,大家都心照不宣地等舅舅说话。舅舅好像有些难言之隐,但不说明,又怕那津得尔闹出事来。原来是居玛拜和张勇撬上劲儿了。舅舅说:"这津得尔决心要娶归利夏提,我好劝歹说了半天,他还是吊上眼泪走了。"舅舅趁张勇出门去小解的空儿,说,"那津得尔就是不服气她嫁给汉族人,他说,他还不如个汉族人吗?他现在情绪很激动,他壮实得像个大犍牛似的,我怕他做出傻事来,大家小心就是了。"

头人跟前,舅舅带着很丰厚的礼物,很顺利地说通了,这是缘于一场灾难性的东迁,头人连自身都不保了,前面的路还黑的呢,谁知道还有哪些磨难在等着他们呢,所以,把这些无关痛痒的事,看得很淡,况且人家厚礼相求,再就是舅舅这老人家的面场大的呢,何乐而不为呢。

这几天,居玛拜这个头抵南墙不回头的角色也没闲着,他就不相信自己抵不过个汉族人,他也给头人送礼,求他帮助他,娶到归利夏提。跑来跑去,他也明显地感觉到,人们对他的事并不感兴趣。他到最后孤注一掷了,他下了战书,和张勇摔跤,即使归利夏提不跟他结婚也行,他输了,没话说,归利夏提是张勇的,如果他赢了,张勇走人,卡木斯台布拉克,再不要看到他的身影。

对于居玛拜的战书,表姐、表姐夫、舅妈以及张勇结交的哈萨克朋友,都认为这是这苕家伙胡闹,不理他的茬儿,因为那家伙是有名的摔跤手,凭那个哈熊的腰身,都会把张勇压垮了。但是,出人意料的是,张勇答应了居玛拜的挑战。

尾　声

张勇与归利夏提,在舅舅和表姐、表姐夫的全力参与帮助下,筹划结婚的事。

因为这是一个特殊的婚礼,在亲戚们和张勇的众多哈萨克朋友们的撺掇下,把婚礼定到9月1日举行,这一天是卡木斯台布拉克回来的乡亲们举办联欢活动的一天,两件喜事遇到了一个节点上。由归利夏提出一匹二岁子青马,其他人家有力的出力,有钱的出钱,愿出牲畜的出牲畜,牛也行,羊也行,地点就选在了中和拉,用一口大锅煮肉,大家同吃一锅肉,象征着同心协力,同甘共苦。过去他们部落也是在每年的这个节点上举办秋季庆丰收联欢活动的,今年虽然人是少了点,但是阿肯弹唱、刁羊、摔跤的节目不能少,其中大家最期待的最感兴趣的是居玛拜和张勇的摔跤比赛。

9月1日这天,在众人的翘首期盼下很快到来了。这天,天气和人们的心情一样的晴朗,万里无云,清风习习,在秋阳眺望在天山背脊的时候,人们罗织成涌动的彩云,骑着精神抖擞的马儿从四面八方来到中和拉。握手、问候、相拥相抱,喜泪飞溅,人声喧哗,一对新人格外引人注意,他们就是张勇和归利夏提。

接下的情节都是老套子,平平常常,不起波纹,可以略去不说,这里单表居玛拜和张勇摔跤一节。

按说,张勇和归利夏提的结合,已成定局,这就如水倒进了水里,你还能分出来吗。居玛拜的这一场挑战大可不必了,居玛拜自己也做了深刻的反思,倘若没有张勇的出现,也许能够求得归利夏提的原谅。但他逃灾时,像鬼迷了心窍,不顾归利夏提的一再挽留,把她一个人撂在这个没有了人烟的苇城里,孤苦伶仃好几年,使她受尽了磨难,他越思越想,也越后悔,也觉得没脸面对归利夏提。他也想取消这个挑战,但男子说话如拔牙,就把它当成一场友谊赛吧。不过,自尊是一根魔杖,即使是友谊赛,他也必须要赢,他也相信,自己即使玩玩也能赢。

摔跤场子选在舅舅家门前的一个干粪场子上,场子既平也大,四围人围得水泄不通,前面已有三对摔跤手比赛过了,居玛拜名气大,放在最后。分了两组,胜者和胜者比,冠军奖一只满口羯羊。现在人比过去少不说,人们的生活因灾难受损,一时还恢复不过来,以前,像这样的比赛,要奖一峰骆驼的呢。

比赛开始了,出场的居玛拜和张勇都精着肚子,腰扎布带子。居玛拜圆圆的秃头勒着一方绿手绢,张勇留着头发,归利夏提给他准备了一方红绸子的手绢,他本来是不想勒的,可禁不住归利夏提地连哄带央求,勒上了。张勇不习惯地摇了摇头,头上像一束火苗在燃烧,归利夏提高兴地说:"你看勒上多好看,多漂亮啊!"她还攥着拳头小声对着张勇的耳朵说:"我相信,你一定赢,一定能赢!"

他两个,站着看,个子高低不相上下,但很明显的是,一个壮实,一个精瘦,一个凶巴巴的,一个文绉绉的。

裁判这里一说开始,那里,居玛拜便迫不及待地像一只丛林子中蹿出的公棕熊似的,扑向了张勇。张勇站了个蹲马式,是个明显的守式。居玛拜上前,单手一把逮着张勇的腰带,想着猛一举,就可以把张勇举起来,甩出场子去。由于心傲气盛,求胜心切,结果,拼上全力一举,不仅没有把张勇撼动,还由于他用力过猛,吃得过饱,又是把注意力都集中在了身体的上半部,而忽略了放松了下半部,嗵的一声,挣出了一个响屁,一下了把围观的人笑倒了一大片。

比赛就这样在欢愉的嬉笑声中结束了,求得了一个意想不到的圆满。

早开的苹果花

一

最近几年,天山北坡逆温带成了农民们致富奔小康的重要话题。那里一沟一岔,一梁一洼,都派上了用场。我小姨那个时代营造下的果、杏、桃、李等各类经济林就不说了。后来接续开辟的规模化大蒜种植,大面积草莓种植,也不在话下。而最近新上的几个项目,如各种药材种植,食用仙人掌种植,特别是具有很高药用价值的阿魏菇的引种成功,不仅在新疆是头份子科技成果,在全国也是填补了空白。这一切都源于逆温带的开发,而逆温带的开发,都忘不了一个人,一个为它献出生命的人,那就是我的小姨。

早开的苹果花

二

炎热的七月,戈壁地带气温35℃,狗舌头伸得很长,汽车一爬坡就开锅,人焦躁得尽想发脾气。听说逆温带要召开阿魏菇种植现场会,我走了个小后门,搭车来到了逆温带开垦洼。我对召开现场会并无多大兴趣,我主要是来悼念我长眠在开垦洼的小姨。现任农科站站长的我表弟陪同着我。

一溜十多辆各式轿车,头尾相衔向逆温带进发。所谓逆温带,就是天山脚下南北宽约5~6公里、东西逶迤数百公里的丘陵地带,它的主要特点是冬暖夏凉,温差不大。

来到逆温带,我们不约而同地都长出了一口气,像把戈壁地区积结的郁闷一下吐了出去,满坡的桃李果味,给人香喷喷凉飕飕的惬意感觉。而我的感觉不一样,我想落泪。不!不是想,而是情不由己,我急于想见小姨,想见那可怜的长眠在地下的小姨。

车队直奔葛家梁,现场会在那里召开,我与表弟在三岔路口下了车,步行赶到开垦洼。我们在树荫覆盖的小路上行走,桃李芬芳,樱莓流翠,饱满而硕大的苹果掩映在枝叶之间,使人生津吞涎。路,我们是熟悉的,围着山梁绕行,逶迤而上,来到开垦洼的最高处,那里立着一排枝繁叶茂挺拔俊秀的钻天杨,那钻天杨下便是小姨的坟丘。

当我们来到坟地的时候，几只黄鹂正在野玫瑰的黄花之间啼叫，那叫声也是颤巍巍的，泪花已经迷住了我的双眼。并排两座坟，坟头上长满了青草，坟旁有一棵山芍药，几枚紫茵茵的山花开得正艳。立在坟前，我首先默念起小姨写过的一首诗，这是我背诵过成百上千次的诗，我已经熟烂于心。

  山雀叫喳喳
  春草努嘴芽
  开垦洼
  一片丹韵枝头洒
  似火苗啊似云霞
  紧步跨
  魂牵梦绕的苹果花

我们来的时候，果花已败，已结出了累累果实，有黄元帅、夏里蒙、秋里蒙、青香蕉，还有最近几年引进的优质品种红富士等等。我以为，小姨在诗中反复咏叹的那殷红如火苗飘逸如云霞的苹果花，寄托着她美好的心愿和理想光彩。由于它的脱俗正好达意，由于它的空灵也正好入诗。

  苹果花呀苹果花
  见你如见亲人面

早开的苹果花

> 情切切
> 止不住泪珠簌簌下
> 孩儿催问娘心碎呵
> 声声咽
> "我爸他在哪？"

孩儿,是谁呢?就是我表弟,他就立在我身旁,如今他已成长为风华正茂的七尺男儿,他继承父母遗愿,从事于祖国园林事业的研究与开发。

> 折一枝苹果花
> 叫儿手中拿
> 忙跪下
> 抓一把黄土坟头上撒
> 妻呼儿叫你不应答
> 断肠人呵在山道上爬

诗中写的事,乍看起来,叫人很费思量,这究竟是怎么一回事呢?小姨两口子是怎么死的呢?我与小姨作为一般的姨侄关系,为何结成了那么深的感情呢?这需要从头说起。

三

我小姨名叫马兰,是我母亲唯一的妹妹,但却是异父同母。我母亲名叫胡月,还有几个异父同母兄弟,也就是我要叫舅舅的。自我知事后,就未见过这门亲戚,我们从未来往过。

事情是这样的,1957年,我父亲在县上唯一的一所中学当教务主任,"反右倾"时,我父亲因为给校支部书记提了几点意见,被上纲为"反党",定为"右倾言论"。那时,宣传部有一位姓汪的干事,看上了我母亲,我母亲当时是中学出了名的漂亮女教师,可是我母亲不理他的茬儿。那位干事得知我母亲恋着我父亲,便私下里动了手脚,将我父亲由"右派言论"改成"右派分子",赶出了教师队伍,下放到距县城200多公里外的一个边远生产队交群众监督劳动。

我父亲打成"右派"后,那位干事满以为我母亲会屈服于他,哪知,我母亲是个血性女人,一气之下,撂了工作,跑到乡下,与我父亲结了婚。这样一来,那位干事干瞪眼了。可是我母亲却得罪了娘家一家人,他们要划清阶级界限,宣称不认我母亲。而唯独我小姨哭了一鼻子又一鼻子。

据我母亲说,小姨那时还小,十多岁,在上小学,我母亲临走的时候,她拉着母亲的手不放,哭得撕心裂肺,惹得我母亲也大哭了一场。我母亲跟我父亲结婚后,一来路程太远,二来考虑到自己沉冤难洗,前途未卜,再没回去。外爷外奶舅舅们当初不认,只不过说的是气话。其实,去了咋会不认呢?不过为了使他们免受牵连和影响,还是少来往,甚至不来往,离他们越远越好。父母亲很少向我们做小孩的提及这门亲戚,在我的印象中好像根本不存在这门亲戚。不过,母亲常提起小姨,她说小姨是个长得非常稀罕(漂亮),聪明而又特别重情义的女孩子。小姨后来上了乌鲁木齐八一农学院园林系,给我家来过两封信,但考虑到小姨的前途,父母亲忍着心没给回信,小姨的信息也慢慢断了。

我上了小学后,农村抓阶级斗争抓得狠,我父亲隔三岔五被批斗,还要写思想汇报,还要无休止地做义务工。我们在学校里也被老师训斥,被同学们歧视。所以我们家好像罩在一团晦气里,经常过着唉声叹气的日子。特别是父亲,总觉得内疚不安,好像对不起我们母子俩似的。尽管我母亲一再给他解释,一再给他宽心,但是总也去不掉他那块坚冰一样的心病。直到临近"文革"之前的一天,我小姨贸然闯进我家,并且鬼使神差地使我家从那团晦气里脱了出来。从那时起,小姨在我幼小的心灵里留下了最美好的印象,而且随着岁月的递进,与日俱增。

四

我是7岁上第一次见到我小姨的,我比小姨小12岁,母亲比小姨大10岁。记得,那是1965年的暑假,一天,我顶替父亲去做"五类分子"义务工,父亲那几天腰扭伤了。7岁的我,已经很懂事了,我吆上自家的毛驴车去拉沙石,拉上沙石是要去修县乡公路。县乡公路离我们村很远,我是跟上社员们的车队去的。大人们很愿意帮助我,帮我扛沙石、上车,我家的驴很乖,所以,母亲是放心的。

大约到了下午时分,拉够方数的毛驴车都回去了,我是走到最后的一个,有几个邻居家的阿姨在不远处等我。就在这时,公路上开来一辆班车,班车在我不远处站下了,从车上下来一位乘客,是个女的。我好奇地望着她,她中等个头,不胖不瘦,穿着一身蓝色的青年装,齐耳的短发下围着一条白色的丝巾,手里提着一个很大的手提包,好像很沉的。起先她是背着身子,当她转过身来的时候,我一下子惊呆了,我差点张口叫声妈妈,难道这世上有长得和我母亲一模一样的人吗?我母亲尽管在农村已经历了近十年的磨难,但她仍是这一带有名的美人,没人能比过她。我曾隐隐约约地听人说,我父亲的"右派"帽子就和我母亲长得太漂亮了有关。

那位乘客向我走来,待走近时,我才看清她是属于另一类型的美人。首先是圆而大的眼睛,瞳仁黑得像颗黑瓜子,眸子清澈得像一潭秋水。而我母亲的眼睛也圆也大,但多的时候是耷拉着眼皮,瞳孔也是混浊的。那女的头发黑而蓬松发亮,而我母亲的头发稀疏而焦燥。那女的脸上红润而光洁,还闪烁出一股豪气和英气,而我母亲憔悴的脸上已爬满了细细的网纹。最大的不同是,那女的比我母亲显得异常青春而鲜嫩,特别是她那属于窈窕淑女的腰身,挺直得像一根葱。虽然她穿着是属于那个年代的时尚,朴素得不显波纹,但是,却仍掩饰不住那任谁见了都不能不动心的漂亮美丽。

她问我:"小孩,月亮湾村离这儿多远?"

我又是一惊,她那敲磬儿一般脆响的说话声和我母亲的说话声如出一辙,不过,她的声音是上扬的,而我母亲多的时候是喑喑的。不管怎么说,我好像对她亲近了许多。

我说:"不远,也就四五公里路吧。"我用手指给她看,那山梁下影影绰绰的有一片树林,树林边上有一道弯月似的掌坝,那就是。

她说:"看是看清楚了,"她好像有些发愁地说,"那还怪远呢!"

我说:"我也正好收工了,你坐上我的毛驴车,我会把你拉到的。"

那女乘客听了我的话后喜出望外,她原本就十分好看的脸,像蓓蕾绽放,立即荡漾起令人心醉的笑意,笑意里浸满了甜蜜和开心,笑得是那么鲜亮,是那么灿烂。

当我把她拉到了月亮湾村,当我母亲迟疑了半晌,哇的一声哭着跑上去一把抱住她时,我才恍然大悟,原来那是我从未见过面的小姨。

五

小姨是趁着暑期放假,避过家人来看望落难近10年的姐姐、姐夫的。小姨是非常佩服姐姐做人的准则的,她佩服姐姐感情专一,说一不二,她还佩服姐姐当年嫁给一个"戴帽右派"的勇气,她认为那是侠义气概。

小姨的到来,好像我们家来了一把火,烧去了家中沉积的阴霾,特别是我母亲,一改往日郁郁寡欢的神情而变得整天乐呵呵的。我知道,那是有意做给小姨看的,她怕小姨看到她苦愁的样子,心上难过。小姨帮我复习功课,她要求很严,比我们的老师严多了,她一再告诫我:"孩子,你要争气,世界不会永远是这样子的,要在将来活出个人样来。"我长这么大,还没有谁对我这样一个"右派"的儿子有这样的企盼和鼓励,那一句句话像重锤一样敲到我心上,使我铭记不忘。

小姨在我家住了一个多月,这一个多月里,更多的时候是和母亲在一起的。乡亲们说:"你姐妹俩长得太像了,像对双羔子。"小姨来了后,顶替了父亲的位置,一直和母亲睡在里屋,我和父亲睡在外屋。小姨和母亲总有说不完的话。有时,我半夜醒来,还听到里屋里她俩高一声低一声的说话声,不时还有压低了的笑声传出。

一个多月很快就过去了,我家一直弥漫着一番喜悦欢快的气氛。小姨要走了,我多么舍不得她走呀,我害怕我家仍回到过去那种黑暗中去。小姨走的时候,我哭了,男子汉哭很不好意思,可我忍不住还是哭了。小姨摸着我的头,还是那句话,她要我将来活出个人样儿来。

小姨走了,可是我的担心终于没有出现,从那以后,我母亲畏畏缩缩的样子没有了,整天乐呵呵的。我母亲振作了,精神了,像换了个人似的。当然,我父亲自不必说了,母亲是我们全家的主心骨,会一好百好的。父亲在心理上减轻了自责和内疚,走起路来,腰也不那么弓了。受益最明显的还是我,"解放区的天是明朗的天"这首老歌唱出的,就是我当时真实的心境。长期笼罩在我家的沉闷气息被一扫而光。自那以后,不论我家处于何等逆境,遭受何等磨难,父母都不再怨天尤人了,而是积极地应对,千方百计地化解,勇敢地直面人生。小姨走了,小姨带来的欢乐永远地留在了我家里。当我后来爱上诗歌,写的第一首诗,是赠给小姨的。诗的题目叫作《我心目中的女神》。

六

我牢记小姨的教导,严格地要求自己,努力地学习,就是在"文革"那么乱的时候,学校停课,我仍埋头读书,自学了高中的课程。"文革"结束后,我作为第一批工农兵学员被推荐上了新疆大学。1979年,我大学毕业,没想到会被分配到小姨工作的县上,当了县文化馆的群众文化干事。虽然离小姨近了,可是,她整年整月沉在逆温带生产第一线上,忙得不亦乐乎,很少上城来,所以,往往是我抽空搭车去乡下看她。虽然如今我已是老大不小的大小伙子了,可在我小姨面前,仍然一副孩子的心情,见到她,就觉得贴心、温暖。

转眼到了1986年,我已近而立之年,经同事介绍,有一位很可心的女孩子同意和我结为连理。因为我离家远,我常把小姨当母亲看待,我正想把这个好消息告诉小姨,可是,小姨病危的噩耗,几乎把我击垮了。

记得那天,我正参加县政协和县委宣传部联合召开的文史资料工作暨业余文学创作会议,会上分给我一个专题发言,题目是"如何写好西部农村诗歌",我正在发言,表弟破门而入,拉上我就走,门外小车等着。他将我塞进小车,车启动后,才哽哽咽咽地说,小姨病危,已住进医院。听到这一消息,一下子,我的头蒙了。这怎么可能呢?前不久我去看她,她骑着一头毛驴穿梭在数十公里的逆温带花果山上,指导果农们抗御倒春寒,以保证新引种的红富士苹果顺利地渡过开花期和坐果期,她是那样精神,那样乐观。怎么,一下子就报了病危,我说什么也无法相信。

表弟说,小姨可能过不了今天,要我赶快去,她有话给我安顿。我只有一个想法,就是尽快见到小姨。

我与表弟相扶着跌跌撞撞地进了病房,小姨已孱弱得奄奄一息,正处在昏迷状态。医生说是肝癌晚期。见到小姨这般光景,我感到心口一阵疼痛,禁不住已泪流满面。我想,肝癌到晚期,应该是有先兆的,是有反应的,是非常非常疼痛的,可小姨却装得像没事的人一样,那该是怎么一种精神在支撑着她照常工作,忘我工作的啊!这只有平生遭受到大灾大难,不是被击垮,而是更坚强地站立起来的人的作为,我在小姨身上看到了。由于她经历过荣与辱、生与死的痛苦磨砺,所以她具有了一种藐视一切横祸灾难的精神境界,对于生理上出现的不适和病痛,反而变得迟缓麻木。

据黄荣姨夫说,早晨起床,小姨还好好的,正准备骑驴去苟家山给在那儿开办的果农培训班讲课,一出门,就从驴上栽了下来,接着大口大口地吐血。医生说,癌细胞已大面积扩散,已没了抢救的希望。

我与表弟怅然若失地立在小姨病床前,只有流泪的份儿。

小姨静静地躺着,浓浓的睫毛相合在一起,娥眉微颦,眼角含着一星泪花,细细的网纹罩在四周,薄薄的鼻翼忽闪忽闪地抽动,棱角分明的嘴唇微微张着,整洁而瓷白的牙齿咬合着,似乎在咬合着不幸,在咬合着不甘心啊!我在心底暗暗呼唤:小姨,我来了啊,你不是有话要给我说吗?你不能就这么匆忙地走了啊,老天爷,你让她醒醒吧。我在心里一遍一遍念叨着。

七

在我们的一再要求下,医生给小姨打了一针,她的胸脯开始有了微微的浮动,紧闭的睫毛颤动了一下,鼻息明显地加快了,而且有了一声咳嗽。小姨终于醒过来了,我与表弟紧忙揩尽了自己的眼泪。她睁开眼,眼里已没有光气,她辨认了足足有三分钟,认出了我,才嗤地一笑。我急忙趋向前,她抓住了我的手说:"柳生,我怕不行了,我没有想到会这么快。"说着,她又咳嗽了几声。

我忙说:"小姨,你要坚持着,医生说不会有事的,你会好的。"

小姨说:"我知道我的病,说实在的,我这半辈子做了我该做的,爱了我该爱的……"紧接着又是一阵不倒声的咳嗽,又吐了几口血,医生示意我们离开一会儿,可是,小姨抓着我的手不放。

小姨说:"柳生,我的时间不多了,我求你一件事。"

我说:"小姨,慢说一件,就是十件百件,你尽管说。"

小姨说:"我走了以后,我书房里有我和你江阳姨夫积攒下的资料,就是关于逆温带长达二三十年的地理、土壤、气候、降雨量、温度、湿度、冻害、风害、虫害等方面的数据记载。这些资料非常珍贵,请你加以整理。还有我写的数十篇调查报告和科技论文,也请你归纳整理誊清后,一并交给县上科协和农科站,这对我县今后大规模开发逆温带经济作物很有帮助。可以说,这是我与你江阳姨夫毕生的心血,我想,只有你能做好这件事。"

我全神贯注地听完了小姨的嘱托,才明白了小姨紧急要见我的原因,确实这是一件大事。小姨已到了油干灯灭的份儿上,首先关心的不是自己,而关心的是她为之奋斗了终生的逆温带园林开发事业。她选准我,一是选中了我的可靠性。她知道她在我心目中不容置疑的地位和分量。二是我能担当起此一大任,因为多年的业余文学写作,练就了我凝练精到挥洒自如的笔杆子,在县城文人中也小有名气。虽然于园林专业,我是外行,但我的任务是整理,而不是写作,有大量的资料作依托,所以我自信,完成小姨的嘱托并不难。

小姨将这重任交付给我,表明了对我的厚爱和信赖。小姨于我有恩,于我家有恩,我早有誓言,等长大了,我一定要将老了的小姨接到我家,让她幸幸福福地生活,在我的全力关护下,安度好晚年。可是,她却英年早逝,这么年轻就走了。那么,做好小姨临终嘱托的事,不正是我的心愿吗!不正是我所渴求的吗!也只有这样,我的内心才会感到充实和欣慰。听完小姨的嘱托后,我立即将右手举过头顶,像宣誓似的说:"小姨,你放心,我一定保质保量地完成这件工作。"我这一认真而又滑稽的动作引得小姨淡淡地笑了一下。接着,她的眼睛定格在我脸上,再也没有忽闪,瞳孔渐渐散大,眼睛里最后一缕光柱折了,我与表弟同时趴在小姨身上号啕大哭起来。

这时,我母亲父亲连夜赶来了,政协主席、党办、政办的主任赶来了,科协主席、农科站的同志们来了,远在天山脚下的开垦洼、苟家山、陈家山、牛达坂、阳洼匾、芦草沟等逆温带的果农代表们也乘着手扶拖拉机赶来了,整个县医院笼罩在一片悲痛之中。

八

小姨就这样走了,她走得利落而完满,感不到丝毫的怯懦和悲戚,就像一枚喷香艳红的苹果,戛然脱枝,度到了人生收获的季节,留给我们的却是无尽的惋惜和思念。

小姨去世的时候,才刚刚过了不惑之年,也就是"文革"结束后的第十个年头上。这是一个令人何等欢欣鼓舞、心情舒畅的时代啊!改革开放的春风吹遍了祖国大地,一切桎梏人们思想和手脚的羁绊都被解除了,邓小平同志为一切有志于报国献身的有识之士开创了一个大展宏图的崭新天地。这不正是小姨梦寐以求的吗?可是,她没有支撑到这一天,她义无反顾积劳成疾,耗尽了心血和寿数,过早地离开了她全身心地爱着的这片土地。

小姨去世后,遵照她的生前遗愿,埋在了逆温带的开垦洼,那是她最初创业的地方。那里有一座很大的果园,果园里有一棵树龄最长、树身最粗、树冠最大、结果最多的果树,那是60年代初期栽植的。小姨就埋在了那棵树下,紧挨她的坟丘,还有另一座坟,那座坟里也埋着一位年轻人。这位年轻人最先发现了逆温带的奥妙,是他第一个在逆温带种活了果树,在他的主持和指导下建立了逆温带数千亩的果园,是他改写了天山北麓千百年来一直墨守的种不活果树的历史。可是,"文革"中他却遭到了一次又一次的批斗和毒打,最后在"四人帮"的淫威下被整死。这位年轻人,名字叫江阳,他是我小姨的第一任丈夫。

说起江阳,我基本上没有什么印象,我小姨来我家次年,"文革"开始了。母亲放心不下小姨,据说外面武斗升级,到处乱得很,母亲让我照顾父亲,她只身一人寻着小姨来信的地址,去了一趟乌鲁木齐。母亲去得急,也回得快。母亲回来后说,小姨即将中专毕业,她自己倒没什么,她的未婚夫却遇到了难处,被"造反派"整得死去活来。

早开的苹果花

我是从母亲带来的照片上认识江阳的。他是个身材颀长而精瘦的知识青年,很飘逸的发型,像飞来的一朵云彩,蓬松着一张清秀的面孔,浪漫而现实,书写着那个年代年轻人高远的心气。瓜子脸上戴着一副白水近视眼镜,显得文质彬彬。笔挺的裤管,裤角搭在鸭舌黑皮鞋上,两脚叉立,两手搭背,又给人一种庄重饱学城府很深的样子。总之,这是一位很帅气的哥儿,能有这样一位帅哥儿和我如花似玉的小姨相配,也是我的心愿。

母亲说,江阳是受了苏联大科学家米丘林的影响,迷恋上园林专业的。他大学毕业后,由于学业优秀,本来是留校任教的。可是那年夏天学校师生被派往东天山脚下的农村支援夏收,他们去的地方是个叫开垦洼的小山村。那里都是丘陵地带,光秃秃的土梁,光长刺不产粮,麦子长得寸把高,亩产不上200斤。农民穷得没有零花钱。江阳看到这种情况,心里不是味儿。

有一天,开垦洼来了一位脚户,是位维吾尔族老人,吆着五头毛驴,驴上驮着柳条编的驮筐,驮筐里装着杏子、葡萄、桑葚等夏令水果。女社员们闻讯都围来了,有的捧着鸡蛋,有的提着粮袋,她们和这位维吾尔族老人似乎很熟的,连喧带说地帮老人将驮筐卸在一棵树冠很大的树下,乘着荫凉开始以物易物的交易。江阳好奇地到了跟前,一问,才知道那老人是从吐鲁番翻山过来的,用天山南麓的水果来换天山北麓的粮食,每年都要来几趟。江阳立即有了一种想法,他问社员们:"你们为什么不自己种果树杏树,而要掏钱吃远处来的果杏呢?"社员们一听,哈哈大笑起来,似乎在笑那种"把麦子认成韭菜"似的愚蠢。有位社员还指着他们乘凉的树说:"这不是,也结杏子,可是又小又瘪,涩得无法下咽。"江阳仔细端详了一下,可不,这是一棵货真价实的野山杏树,他的眼睛突地一亮,看出了门道,看到了希望,他所学的全部园林知识与眼前的光山秃岭相结合,立即在他脑海里绘出了一幅郁郁葱葱的未来蓝图。

那个年代,就是20世纪50年代末60年代初,那是个充满着憧憬和希望的年代,是一个沸腾着火热生活的年代。那时的年轻人,他们听党的话,听毛主席的教导,到祖国最需要的地方去,到边疆去,到农村去。他们的奋斗取向,就是为了祖国的建设,为了祖国的富强。那个时候邢燕子、董加耕等先进人物叫得很响,像江阳这样不甘于平庸的年轻人更是坐不住了。他用支援夏收的空闲时间,经过一番考察,反复论证,认定天山北麓的逆温带上是能够引种较为耐寒的各类水果树种的,并可以借米丘林学说,通过杂交嫁接培育出优质品种,把光秃秃的山梁建设成花果山,以改变逆温带的贫困面貌,使山民们过上富裕的生活。

在他的执意要求下,学校同意了他的建议,将逆温带园林建设工程作为学校的试验基地,办成第二课堂,由江阳负责实施。江阳从此一头扎进逆温带的开垦洼,从一点一滴做起,与愚昧的传统势力抗争,跑资金、跑引种,经过四年的艰苦奋斗,终于织出了一片绿荫,绽放出一片希望。却不料,遇上了一场杀伤力极大的人为的倒春寒。"文革"的凄风苦雨也刮到了开垦洼,江阳被打成了"资产阶级反动学术权威",打成了"黑帮",成了"罪人"。母亲说,小姨去看过一趟,江阳已被整得不成人样,身体彻底垮了下来。

后来,听说小姨与落难的江阳结婚了。

再后来,听到江阳不幸逝世。

再后来,听到小姨生下了表弟的消息(我母亲去照顾过一个月)。

再后来,听说小姨落户逆温带开垦洼,继承江阳未竟的事业。

这些,都因为我们和小姨相距很远,或来信,或传话,只能粗略知道个大概,我一直为小姨的不幸而难过。

九

办完了小姨的丧事后,本打算立即奔赴开垦洼,去完成小姨的临终嘱咐。可是,我却陷在极度伤神的悲痛中,而不能自拔。鲁迅先生说过,悲愤出诗人。这里鲁迅先生强调的是一个"愤"字,而我的切身体验是,悲痛也出诗,这中间,我感触最深的却是一个"痛"字。悲痛,痛惜,痛苦,在我的脑海里,小姨是鲜明的又是模糊的,在升腾,羽化,羽化到了一个思接千里的缥缈无定的时空里,一个接一个意象互相碰撞,一句接一句的诗句叠加而出,但却爬不到纸上,我只觉得太跳跃,太零乱了。不过,我有了一种临盆的感觉,就像生孩子一样,离我的成诗已经不远了,《我心目中的女神》已现出眉目。

我对小姨的崇拜是真诚的,当我成年后,第一次接触到这样一句古语,就是"受人点滴之恩,当以涌泉相报",我才真正理解了我对小姨的感情。可以说,小姨是我启蒙阶段的引路人。因为我是在小姨的鼓励和帮助下才完成大学学业的。粉碎"四人帮"后的1976年,全国首次大中专招生。而我当时,正务习好一根皮绳,一架木犁,万事皆休,准备去当一辈子农民。我亲眼目睹亲身感受了父亲的遭遇,再联想到江阳被"四人帮"整死的现实,所以我初中毕业后,便心灰意冷不思进取了。可就在这时,小姨给我来了一封信。她好像知道我的想法,她在信中针对性很强地说服了我,鼓励我报考理科。她说,我们国家当前和今后很长一段时间内,最缺的是这方面的人才,将来会大有用武之地的。可是,那次招生采取的是逐级推荐的方式,我被招生办推荐上了新疆大学中文系,而与理科无缘。头两年的学习用费基本上是小姨资助的,直至第三年,全国平反冤假错案的工作全面推开,我父亲的"右派分子"错案被纠正。父亲被安排到县三中任副校长,父亲有了工资,我再没有让小姨寄钱。三年大学毕业后,我被分配到小姨工作的县上,当了文化馆群众文化专干。

我曾设想,如果不是小姨的关爱和引领,我现在该是个什么样子呢?我不止一次地扪着自己的心在问自己,也在不断地警示自己:柳生啊,这一辈子你可不能忘了小姨啊,你的良心,可不能掏给狗吃了啊!

在做群众文化工作中,我结识了不少州县的文友,受他们的感染,开始尝试着搞文学创作。我和大多数文学青年一样,一和文学结缘,首先着迷的是诗歌。我当时有个心愿,就是把自己对小姨的一腔崇敬之心感激之情写出来,塑造一个伟大女性形象。经过一年多时间的孕育,遂有了《我心目中的女神》的构思,陆陆续续写出了一些段落。只要有机会,我就在文友聚会上朗诵。比如:

> 她是一只五更鹚
> 用歌声啄破黑夜
> 孵化出一个粉嘟嘟的黎明
> 她是一朵早开的红杏
> 把早春带给人们
> 她是一只受伤的母狼
> 舍身保护着自己的领地和孩子
> 她是人世间善与慧的化身
> 她是我心目中的女神

十

我对小姨的临终嘱咐,看得很重,我自信,凭我自己的笔下功夫和对资料的组织能力,是能够很好地完成的。不过,必须有一个较为充裕的时间,可是,位居公务,身不由己。当我情绪稍稍好一些时,区州文艺调演的准备工作,又把我缠了进去,既要负责演唱材料的编写,又要抓组队和节目的排练。事关一个县荣誉的大事,我不敢有丝毫懈怠,只得把全部心事放在工作上。好不容易坚持把三级调演搞完,已到年关了。那一年,风调雨顺,农牧业大丰收,县域经济发展很快,县领导也很有面子。这县领导一来情绪,下面的工作人员就得挖趄子跑了。县领导指示文化主管部门,要组织好群众文化活动,让城乡群众欢欢喜喜热热闹闹地过好春节。这自然又是我分内的工作,就又义不容辞地紧紧张张地忙活了一个多月。正月初一初二初三,我领着社火队,有四川的龙灯,有天津杨柳青的高跷,有山西的汾阳大套,有陕西的高抬,有维吾尔族的歌舞和本地人的秧歌,走城串乡,整整闹腾了三天。正月十五元宵节又搞了一次灯展,人们才算静了心,我也得以清闲。这样,差不多离小姨去世已过去8个多月时间。我心里很不是味儿。我想,再不能拖了,我向馆长请了10天假,写信向父母亲知会了一声,便乘车直奔逆温带开垦洼。可是,我偏偏遇上一个扬风搅雪的坏天气,气温下降到-25℃,冻得人清鼻涕直淌。但我决心已定,即使天上下刀子,我也要去。好在如今的县乡公路都上了等级,路面平整,飞驰着崭新的性能很好的扬州大轿车,快速且平稳,仅用了四个小时便赶到了开垦洼乡所在地。

  乡政府所在地是一个小镇,它处在逆温带的下沿,再往南就进了逆温带。在乡政府门口我下了车,一股子强劲的抽尻子风几乎将我掀个马趴。毛毛的西北风裹着雪粒抽打过来,身上立即像浇了凉水一般。脸面及裸露的脖颈、耳朵被雪粒抽打得生疼,只好缩颈翘肩侧着身子往前行走。眼前沟沟洼洼白茫茫一片,能见度很低,百米之外就什么也看不清了。虽然我多次来过开垦洼,但都是鸟语花香的季节,而如今严酷生冷的冬季我还是头一次。地上已没了路,正不知该从哪儿下脚,同车下来的乘客中有一位姑娘正好同路,使我感到莫大的荣幸。当她知道我是马兰的亲戚时,便非常高兴地当了我的向导。我俩一前一后顶着风雪,踩着没膝的积雪,沿着似有似无的山埂小路向丘陵深处走去。当转过三个土坡,进入到一个大梁弯时,风突然小了,雪还在下,但雪花是悠悠的,温柔多了。眼前满坡满洼的各类果树,龙茎虬枝,白亮得十分好看,在微风的摇曳下,一棵棵像曼舞的玉人似的。我明显地感到,这里温和多了,甚至给人一种解襟敞怀的需要。这便是严冬的逆温带的性情。

  同路的姑娘十分健谈,她给我讲了许多有关小姨的故事,有些故事是我从来没有听说过的,是那么生动感人,激动得我心跳不止。我还有过一个大胆的想法,通过文艺调演,我看上了戏剧这一文艺形式,我准备将小姨的事迹搬上舞台,以激励更多的年轻人去从事祖国的园林事业。

  由于雪深路滑,我们差不多走了近两个小时,才来到小姨的住地。当我们走到了,雪也不下了,小姨住屋门前,有个人在扫雪,我看清了,那是我的黄荣姨夫。黄荣姨夫看清我这个雪人,立即奔过来,给我拍打身上的积雪,敞开柴门,将我往屋里让。姑娘家就在附近,我们就此告别,并约好有空过来给我喧小姨的故事。

  小姨家是四间砖房,一明两暗的三间住人,靠南的独间为她的书房。进了住房后,迎面扑来春天般的温暖。内地人到新疆都说,新疆就是好。夏天虽然热,但是它有风而且晚上凉快,所以你不感到热。冬天虽冷,但是家家户户架着火炉,也有暖气,外出穿厚衣,回家抱火炉,所以你又不觉得冷。我们新疆人就是这样祖祖辈辈过来的,当来疆的内地人一总结,我们才领略了生在新疆倒是一种福气。进门后,黄荣姨夫又帮我脱了大衣,立即盛上一碗酽酽的热茶,一路上的风雪遭遇早扔到脑后头去了。不过,读者或许会问,你姨夫不是江阳吗?

十一

听母亲说,江阳被害后,小姨义无反顾地继承了丈夫的遗志,举家搬来开垦洼接手江阳未竟的事业,在学校组织的协调下,她的工作关系转到了当地县农科站,开垦洼果林基地也转交县农科站管理。

小姨上大学的时候,就有不少男青年追求她,其中有个叫焦天龙的男同学最迷恋小姨,紧追不舍,甚至扬言非她不娶。可是,小姨与江阳结婚后不久,焦天龙也与一个姑娘结婚了。而且焦天龙运气不错,后来当了这个县的林业局局长。江阳去世后,焦天龙很快和妻子离了婚,来向小姨求婚,但是小姨不知出于哪个方面的考虑,出人意料地和当地一位青年农民结婚了。这个农民叫黄荣,是江阳

早开的苹果花

来开垦洼最先结识的朋友,又是事业上的最好的帮手。黄荣虽然文化水平不高,但人聪明,又很义气。"文革"中,不少人在工作组和造反派的煽动下,翻脸不认人,昧着良心整江阳,黄荣却与几个相好者暗中保护江阳。江阳被"造反派"整死抛尸荒野,是黄荣他们偷偷埋在开垦洼的。小姨搬来开垦洼后,黄荣已被安排为果林基地的护林员。黄荣由于和江阳的朋友关系,所以给了小姨各方面的关照。黄荣比小姨大几岁,当小姨提出要嫁给他时,黄荣吓坏了,他哪里敢有此非分之想。还是在小姨的央求下,黄荣也觉得没退路了,才办了结婚手续。事已至此,焦天龙才知趣地和原来的妻子复了婚。而真正的来龙去脉,我是在进了小姨的书房,翻看了她的一本日记后才明白了个中缘由的。

  黄荣姨夫安排我住进套间,那是小姨生前的卧室。卧室里依然窗明几净,被褥、床单一尘不染,摆放得整整齐齐,整个房间仍然弥漫着沁人心脾的香味。显然,痴心的男主人亦是经常精心地打扫着的。写字台的正中墙上挂着小姨的黑纱遗像,她是那样纯情地微微地笑着。卧室里非常暖和,炉膛里的煤火呼呼地燃着。黄荣姨夫一直在等待着我的到来。

  我急不可耐地要去小姨的书房,小姨的书房早已把我的一颗心吸引上去了。可是,当黄荣姨夫掏出钥匙打开书房门后,眼前的情景却使我吃惊不小,万万没想到竟会是这个样子的。

  书房里乱得没眼望,靠墙的三个书柜,东倒西歪,各种书籍杂志横七竖八地躺在砖地上,特别是大量的手稿和资料狼藉得一塌糊涂,连插脚的地方都没有。

黄荣姨夫迎着我疑惑不解的目光,喃喃地解释说:"小偷弄的。我们送你小姨去医院后,小偷来把几间房子里的东西翻了个遍,其实,也没偷上值钱的东西。"

我说:"小偷也真是,书房里有啥值得偷的?"

黄荣姨夫说:"派出所的张所长说,现在小偷鬼得很,据他们审案中得知,小偷偷干部家庭,往往能从书里面抖出很多钞票和存折来。"

"呃!原来是这样。"一股悲愤之情不由系上心头,世道怎么会是这个样子呢?面对着这一摊乱麻似的文稿和资料,不知该如何下手,我只有暗暗叫苦。

十二

书房里很冷,又不能架火,我只好披上棉大衣,穿上姨夫的毡靴坚持工作着,可是过不了三个小时,就喷嚏连天,清水鼻涕不断,揩拭不及。为了不致冻病,我只好分批将资料手稿搬运到卧室里,慢慢地按纸质按页码按内容往一块归拼,然后才能谈到归纳整理、加工润色。

整理工作刚一开始,我就首先发现了本文第二节,也就是我在小姨坟前朗诵的那三段诗。这三段诗是写在方格稿纸上的。诗的调

早开的苹果花

子很低,悲痛而凄惨。它首先感动了我,攫取了我的心。我当时正疯魔地爱着诗,所以很重视这三段诗。我以为诗的作者是在试图塑造一个大苦大难的女性形象,诗中有人物,有故事情节,已显现出叙事诗的端倪。故事只开了个头,是个大略,可是总觉得有一点小姨的影子在里面。可是我从来没有听说过小姨会写诗。在我的心目中,她是一位极富理想又注重实际的人,是一位安身立命于祖国的科技园林事业的高品格的人。诗,不会是小姨写的,这一点我确信无疑。那么这三段诗是谁写的呢?抑或是她抄之于哪家报刊的,但笔迹又明显不是小姨的。我被这三段诗扰得寝食不安,我急切想知道诗中人物的命运走向,或许还有续篇,所以,我在清理文稿资料时多了一份关注。

　　清理工作极其缓慢,只能无限地铺开去,却无法收拢起来。几间房子被文稿资料占满了,但清理不出一份完整的,都是缺张缺页。我只好耐着性子一摞一摞地、一页一页地翻拣拾。忽然,我眼前一亮,在一张旧报纸中间,我发现了几篇手写诗稿,那是一张1980年9月5日出版的《昌吉报》,诗(名是《八月》)是这样写的:

　　　　正月里,是新春
　　　　二月里,舞东风
　　　　三月里家家户户忙开墩
　　　　四月里红嘴芽儿笑盈盈
　　　　杏子花儿粉

桃子花儿红

石榴花开胭脂色

苹果花儿白生生

五月里,细雨儿润

六月里,蜂蝶儿亲

七月里,树荫儿浓

八月里,果园枝头挂满星杏

果儿翠

桃果儿嫩

石榴果儿露齿笑

苹果香飘漫山村

我一口气读完了这首诗作,顿觉赏心悦目,心旷神怡。诗中那种对山乡美景的倾心和爱恋,力透纸背,溢于言表。是一首非常精彩的山乡新生活的赞歌。这首诗是用农科站的公文纸写的,打眼一看,就是小姨笔迹。我又一次吃惊了,想不到小姨不仅会写诗,而且精到了这等地步,而且是我远远望尘莫及的,不禁刮目相看。不过这首诗和前面提到的三段诗同属于一个风格,都是民歌风的,但却不是同一首诗,难道这些诗都是出自小姨之手?!

人就是这样,你愈是不知道的,你就愈想知道,我对小姨的诗作发生了浓厚的兴趣,有了一种亟待印证的渴望,使我的清理进度

早开的苹果花

大大地加快了。功夫不负有心人,我终于有了重大突破。

十三

我终于在一个装杂志的箱底下翻出了两页诗稿,也是用方格稿纸写的,页码标的是"4"和"5",正好是那三段诗的接续:

> 回想当年你来山洼
> 包儿里装的啥
> 心儿里想的啥
> 放暑假我来看望你
> 你山梁上瞄
> 山沟里爬
> 尝土性满嘴泥渣渣
> 我忙掏出手绢为你擦
> 心喜煞啊心痛煞
>
> 又一年盛夏我来看望你
> 穷山沟变成了金银洼
> 满沟粮,满坡树
> 粮丰林茂果枝儿压

公社书记称你"科学家"

　　乡亲们呼你"咱山村的娃"

　　我这心上啊

　　甜得像冰糖撒

　　看来,我设想中的叙事诗是成立的。我把先后发现的五段诗放在一起,看得出它是一体的。从情节的发展走向来看,很可能还是一首不短的叙事诗,也就是说,还有续篇。而且我最终认定,这是小姨的呕心之作。我从诗中体味到了小姨的气息,看到了小姨渐之向我敞开的心扉,看到了小姨诗化了的情感和人生。

　　在找到了这两段诗的同时,我看到了小姨记之1978年的一册日记本。小姨的日记记得非常简练,而且间隔距离较长,似乎没有天天记日记的习惯。这一点很像我,或者说我很像她。就是过一段时间了,趁闲暇空余时间,把平常积攒下的事情,或所思所想,通过回忆,从容地加以补记,多是三言两语,是属于那种"纪要"式的日记。

　　看了小姨的日记,我才彻底弄清了这首叙事诗的来龙去脉,原来它是一首冥诗,这使我吃惊不小。我心目中的那个纯情高尚美丽的小姨,一下子变得复杂起来,变得陌生了,变得有点怪异,难道小姨还相信灵魂的存在?相信冥冥中有个阴间不成?

　　我翻开日记的第一页,是这样记的:

早开的苹果花

1978年8月23日　天阴无风

入秋以来,逆温带的果林获得大面积丰收,江阳曾精心培育的北疆一号苹果终于在我的手上取得成功,奉献出又大又甜的苹果。江阳,你可知道,我心里是多么高兴啊!那天,我带着一筐北疆一号,去你的坟地,去把开垦洼果农们喜获丰收的消息告诉你。可是,我还是来迟了,只见你的坟前摆着一堆一堆用苹果装点的祭品,我激动得说什么好呢,那都是乡亲们对你的怀念,对你的心的诉说。我感到非常幸福,真的非常幸福,幸福,幸福……

接着好像留声机的唱针划在了同一个纹络里,不停地重复着"幸福"两字,写的是那么痴心,那么随意,一直写满了那一页纸。小姨就是这样笔随心走,情不自禁地把心迹自然地流泻在纸上。我还发现那页日记上有明显的水洇痕迹。我想,这水洇不可能有第二种解释,那一定是小姨"情到伤心处,黯然泪自流"了。

1979年5月31日　天阴有小雨

三周年祭日就要到了,《早开的苹果花》终于完稿。我总觉得你是无处不在的。三年来,开垦洼的蜿蜒山道上,仍然飞闪着你的身影,留有你的足印,沃土中仍然渗着你的汗滴。朵朵盛开的苹果花,我打眼望去,总见那花丛间有你甜甜的笑容。你一再在我的梦中出现,你还是生前那样,喜欢跟我谈理想、谈人生、谈诗。我们一起谈李季的诗,谈郭小川的诗,谈贺敬之的诗,《回延安》《三门峡·梳妆台》《西去列车的窗口》,你一遍又一遍地朗诵给我听,那是何等令人神往的年代啊!在你的"无诗不话,无诗不乐"的性情感染下,我花了整整三年时间写了《早开的苹果花》叙事诗,我要在你三周年祭日上用心默诵给你听,然后焚化在你的坟前,让我们继续用诗交流。我知道,没有诗的日子,你该是多么寂寞啊!

1979年6月10日　天晴

昨天,焦天龙同学来看我,问我收到他的信了吗。他说:"我已等了你三年了,当初,你选择了江阳而没有选择我,我不怪你。但现在江阳已经走了,我想,我会给你幸福的。"焦天龙多次来信表白自己的感情,其实这个人没有大的毛病,但总进不了我的心里,做朋友可以,但做夫妻,我会感到不舒服的。

1979年8月31日　早晴晚阴

焦天龙终于高升了,这是他孜孜以求的,也是我向来看不惯的。他今天以县林业局长的身份来逆温带检查工作。他要调我去林业局工作,我没有答应。他在我的书房里看到了我刚刚誊写在冥纸上的《早开的苹果花》一诗,他读后,流泪了。他要将底稿拿走,我未同意,他赖着重抄了一份走了,我告诫他,读后烧了,不许外传。

1979年9月16日　天亚阴,老天苦愁着脸

昨天是江阳三年前在这个世上消失的日子。我本没有张扬,但

早开的苹果花

还是来了不少他生前的朋友和开垦洼的果农们。祭日活动隆重而肃穆,县委组织部长亲自宣读了给江阳的平反决定。我按我自己选定的方式纪念了他,我跪在他坟前,差不多花了近一个小时时间用心一字一句地默诵并亲手焚烧了《早开的苹果花》诗稿,然后我就哭昏了过去……

> **1979年10月1日　天晴**
>
> 焦天龙趁国庆节放假,来逆温带看望我,还特意告诉我一个好消息。他说,他把《早开的苹果花》推荐给《新疆青年》杂志社,编辑部回信说,诗读过后,觉得撼人魂魄,震人心弦,只是太长了,如果同意删改的话,他们决定采用。我一听就火了,我说:"你怎么能这样做呢?那是我特意写的冥诗!"我气得昏头晕脑的,把他轰走了。临走时,焦天龙撂下一句话:"我已经把婚离了,你看着办吧。"

这篇日记是日记本的最后一页,接续的日记本还不知藏在哪里,一时半会儿是找不到的。而我关心的是《早开的苹果花》的续篇,它像磁石一样紧紧吸引着我的心。

十四

读过小姨的日记,读到伤心处,难免潸然泪下。黄荣姨夫还以为我冻病了,忙着给我去卫生所买感冒药。

  我把更多的时间花在寻找诗稿上,其他资料可以先放一下。这样一来,盯着单一的目标,进度就快多了。我终于翻拣出5页方格稿纸上抄写的诗,笔迹也是那个笔迹,正好又是5到10的页码编号,我激动得心里咚咚咚地,便急不可耐地一气读了下去。

  第三次我带着行李来
  中专毕业我也选定了这山洼洼
  咦!想必是我把路走岔
  为何我进山你不来接
  为何乡亲们相遇不搭话
  再看洼上苹果林
  砍的砍来挖的挖
  这究竟是咋啦?

  猛一阵锣鼓响过来
  口号声声寒山洼
  "打倒破坏'以粮为纲'的黑帮"
  "打倒资产阶级黑果林专家"
  声可畏啊势可怕
  吓奔了骡驹惊飞了鸦
  啊!莫不是我眼看花

早开的苹果花

一伙人中间走着你
一根草绳顺脖儿拉
一大捆果丫背上压

昏倒了我啊
在山道上爬
昏沉沉坐到日西斜
强挣扎
拄一根棍儿寻路儿踏
忽见弯月下
有个人影儿
一会儿跪
一会儿趴
双手刨土培树根
抓起泥巴抹伤丫

近前来我一抱子搂着你
像失去的魂儿又还给咱
泪水洇湿了你半肩胛
忽听暗影里有响动
极目四下里望
棵棵树下都蹲着人啊

> 被挖的树坑重栽插
>
> 啊!我明白啦
>
> 心宽啦
>
> 你苦中带笑安慰我
>
> "没啥!
>
> 早开的花儿
>
> 难免遭霜打
>
> 党,不会亏待咱"

当我一口气读到这里,诗戛然而止,而我的情感却像脱缰的马,无法收拾。我的心沉在一种肃杀的黑暗里,我痛苦地颤抖,痛苦地破碎。我在诗外,又在诗中。诗的鸣弦是那么强烈地激发起一种倾诉欲望,在这种倾诉欲望下才成就了诗。有着同样磨难经历的人,未必有同样成功的诗的产生,那不是他缺乏生活,而是缺乏情感的震动。

我被小姨的诗才折服了,那强烈的激情,那朗朗上口的韵味,那起伏跌宕的旋律,那如泣如诉的吟唱,深深地打动了我。那诗浸透的艺术之美,情感之美,使我产生了强烈的共鸣。

看了上篇就放不下续篇,小姨的《早开的苹果花》已将我闹到欲罢不能欲求不得的地步。继续翻拣续篇成了我此时唯一的追求。

早开的苹果花

十五

当我翻拣得失魂落魄,甚至端上桌的一碗饭热了又凉,凉了又热的时候,我突然意识到了自己的有失礼貌,而怠慢了一个人,怠慢了一个活生生的人,那就是我的姨夫黄荣。自我来到开垦洼后,我的一切生活起居都由黄荣姨夫照顾,他为我架火、做饭,甚至跑上几公里远的路为我买烟。而我竟然没有坐下来和他好好地叙一叙,这是我看了小姨的另一本日记后,才意识到的。

小姨在日记中这样写道:

1980年9月27日　天阴刮西北风

五年了,从我搬来逆温带开垦洼,他就一直在照顾我们一家,而且是尽其所能地帮助和关照。听其言,观其行,他是诚心的,又是义气的。江阳最初来逆温带,他是开垦洼的团支部书记,他全力支持江阳,跟江阳学技术、当帮手。江阳挨整,是他千方百计保护,是他暗中组织了一伙年轻人连夜重栽了被挖的果树。1976年"反击右倾翻案风",江阳罹难,是他做主将江阳尸体埋在了开垦洼最高的梁坡上,他是个值得依赖的人。

我判断,日记中的"他",就是指的黄荣姨夫。

1981年5月8日　　天阴有小雨

我实在受不了焦天龙的纠缠,他为逼我就范而与前妻离了婚,这更加暴露了他的自私和不道德的一面。与这样的人生活在一起,恋情何有,幸福安在?

经过我长期的反复的考虑,我有了一个很实际的想法,如果黄荣不嫌弃我的话,我愿意与他共同生活。他今年39岁,我36岁,他长我3岁。黄荣对我们一家有恩,但我绝不是庸俗地以身相许作为回报。但是,如果没有焦天龙的纠缠,我也许不会走这一步的。

1981年5月9日　　天转晴,小风

今天我向黄荣表露了心迹,倒把黄荣吓了一跳,因为这太出乎他意料了。也正是这一点更坚定了我和他结合的决心,跟这样心地纯净的人一起生活,一定不会错的。

从上述日记中,我知道了小姨第二次婚姻的始末和个中缘由。我认为小姨的第一次婚姻是一种悲剧式的罗曼蒂克,具有一种传奇的美,小姨的《早开的苹果花》把这种美升华到了一种令人心仪的极致。而小姨的第二次婚姻则是理智的,是现实的,也是美的。两次婚姻都反映了小姨对人生的进取态度。

从小姨的日记中我对黄荣姨夫有了基本了解,他也赢得了我的肃然起敬。当黄荣姨夫再一次为我盛饭递碗的时候,我发现他那一双炯炯有神的眼睛里,向我递来的是那样柔和慈祥的目光,是父亲般的目光。晚上,他为我架好火炉,煮了一壶酽茶放在我的书桌上,然后带好门去忙他的事儿,使我深深感到了一种父亲般的亲切和关爱。

有一天清晨,他提着两只野兔从风雪弥漫的果林里回来,他高兴得像个孩子似的,他说:"柳生,你的口福真好。"说着他便很利落地剥起皮来。野兔是黄荣姨夫下的钢丝扣捉的,自从逆温带果林大面积长成后,野兔也多起来了。冬天里,这种长有锋利牙齿的啮齿动物便来啃吃果树皮,为了保护果林不受损害,黄荣姨夫便在野兔出没的小路上设下钢丝扣,扣眼里放上野兔最爱吃的二道子绿苜蓿,缺乏经验的小兔,便成了扣下猎物。黄荣姨夫的饭做得很香,他特意为我做了土豆烹兔肉,又从五斗橱中拿出了一瓶保存了很长时间的红领巾古城大曲,我俩边吃边喝地唠起了家常。

看起来,黄荣姨夫长得很结实,但他不胜酒力,三杯酒下肚,就带上醉意了,说话就多了起来。他说得最多的还是小姨。他说:"柳生你信不信,你小姨死的时候可真正是身无分文啊。就她的那些工资,前几年供你上学,后来供你表弟上学,余下来的钱全投入到园林建设上去了。家庭联产承包制推行后,乡亲们穷,她就供钱给他们,买苗木,买化肥,买农药,而她自己舍不得买一盒擦脸油。你江阳姨夫平反后,政府补发了一笔钱,她却用在了优质品种的引进和科技试验上去了。我跟她结婚后,日子过得很紧巴,她总是说,黄油会有的,面包也会有的。她总那么乐呵呵的,你在她身上看不到丝毫忧愁的影子,我真佩服她了。谁知道她年轻轻的,正准备在这样好的时代大干一场,却突然走了。"说到此处,黄荣姨夫已泪流满面、泣不成声了,他哽哽咽咽地说:"你小姨是累死的。"

十六

当我和黄荣姨夫有了一次畅谈后,黄荣姨夫就成了我进一步打开小姨心灵门窗的钥匙。我把仅找到的《早开的苹果花》诗稿拿给他看。他说,他不懂诗,他听小姨哭诉过焦天龙有关诗的一些事情,也见过小姨将诗抄写在冥纸上在江阳的坟前焚化。

黄荣姨夫说:"那是你小姨与亡人交流的一种方式,她还写了不少,都在每年的江阳祭日上,烧给亡人了。"

我说:"祭日去坟上悼念,你也去吗?"

黄荣姨夫说:"去,当然去,江阳是我的老师,又是我最好的朋友,当然去。"

"那么你在坟前看到过小姨诵读这些诗吗?"

黄荣姨夫说:"不曾听她出声念过,那是她心里的事。"由这一点看得出,黄荣姨夫没有翻看过小姨的日记。不过,从黄荣姨夫的谈话中,再一次证实了小姨写冥诗之说,看来,她写了不少诗,而这些诗的写作,唯一的目的就是与亡夫诗会,她怕亡夫孤零零的一个飘魂,怕他寂寞。她诵读给他的灵魂,焚诗在他坟前。没有别的,就是这样一种心愿,一种思念和一种赤诚。只可惜,那么多好诗都被焚化了。

但是,为什么独独留下了《早开的苹果花》这首叙事诗和那首名为《八月》的小诗呢?我想,唯一的解释是焦天龙。焦天龙不是自作聪明地抄下了这首诗寄给了杂志社吗?杂志社不是要作者删节才用吗?焦天龙不是为此事被小姨轰走了吗?所以那份焦天龙抄的诗稿幸运地留存了下来。从笔迹上看不是小姨的,必然是焦天龙的,加之稿纸下方印有"××县林业局稿纸"字样,就更加确定无疑了。不过,这里我还是要感谢焦天龙的自作聪明的。

至于那首民歌体的《八月》诗稿,一眼就能看得出,那是小姨飘逸娟秀的字迹,它又怎么能够留存下来呢?我想,唯一的解释,那可能不是冥诗,不是写给亡人的,而是作者触景生情的抒怀之作,作者也不很看重,就原模原样地扔在那儿了,便侥幸存活了下来。当然,这是我的揣测罢了。

接着的翻拣就不顺利了,直到花了三天时间,将书房内散乱的书籍和资料文稿翻拣了一个大翻身,才零零碎碎地找到了4页方格稿纸,其中标有13页码的诗稿,上半截遭了水涢,模糊得已无法辨认,下半截虽然也有涢痕,但能辨认出来,是这样写的:

人虽回了家
心儿留山洼
封封来信唇开启

悠悠香
照例装一朵苹果花

我联系上下文的情节发展走向，判断这段诗可能是写小姨最后一次探望江阳后回到家里,到了"文革"中后期,有过一段相对稳定的日子,所以才有了江阳给小姨的去信中装苹果花的浪漫情节。

接下来的是第15页,这页已水洇得只剩下两句诗了,即"日如梭啊月如箭,运动的热度又加码",这没头没尾不韵不辙的两句,大约是写到"文革"后期,"四人帮"掀起"反击右倾翻案风",运动加温,全国人民又处在劫难之中。

紧接着的半页诗稿,水洇得只留下三句诗：

全不顾娘哭爹又拉
连夜兼程进山洼
结婚
主儿由我拿

这里,虽然只有三句,但它却交代清楚了一个很重要的情节,就是小姨在江阳最困难的时候来到他身边的,而且义无反顾地与江阳组成了一个悲壮的家庭。这一点,我早有耳闻,与诗很吻合。

比较完整的是第17页诗稿,它完整地叙写了江阳被整死的全过程：

早开的苹果花

> 哪知七六年来了场倒春寒
> 你再度被拖出来当活靶
> 他们砍倒一棵树
> 你浑身抖一下
> 他们砍倒二棵树
> 你犹如心被拔
> 第三棵树刚要砍杀
> 你听到树在喊疼,在叫妈
> 你看到树砍处血哗哗
> 你啊你
> 孱弱的身子散了架
> 噩耗传来天地昏啊
> 我哭瞎了眼啊心痛煞

从诗中描写看来,江阳倒地身亡时,小姨不在身边。这也许就是小姨的一件终生憾事,如果她当时在逆温带开垦洼,有她的搀扶相护,江阳也可能撑得过那场致命的打击。这我是听母亲说的。

所能找到的诗稿就这些了,它是残缺不全的,也是我不甘心的,我又翻了一遍,仍然一无所获。我把14页诗稿按大致顺序摞在一起,我模仿着小姨的做法,闭上眼,一字一句地默诵起来。我忽然觉得耳边有一个声音似乎在应诵,我诵读一句,那个声音也跟上我诵读一句。我慢慢析辨出来了,那好像是小姨的声音,就像小姨在临终前向我做最终嘱托的声音。我恍然忆起此来的目的,我当下有了一种紧迫感。

经过了近一个半月的紧张工作,小姨的7篇论文我已整理完毕,有关逆温带的各项数据我以表格的形式作了汇集。关于小姨这几年获得的区、州、县,还有国家林业部颁发的各种荣誉证书、奖状以及县政协第五、第六届政协委员的聘书,我装在一个皮箱里,待表弟长大后,让黄荣姨夫交我表弟保管。

完成了小姨的临终嘱托,我才感到了一身轻松。小姨生前,我无缘与她有更多的接触,但这短短的一个半月里,我似乎一直与小姨生活在一起,她的音容笑貌,不断地在我面前闪现,她那进取的、善良的、才华横溢的纯情赤诚的心扉已向我敞开,我禁不住引吭高歌,啊,《我心目中的女神》。

> 你从天国走来
>
> 来也匆匆,去也匆匆
>
> 你是一只报春的燕子
>
> 来我的心上筑巢
>
> 你是春风化雨
>
> 在我的灵魂里播种
>
> 在男人主宰的世界里
>
> 你比男人更强大

早开的苹果花

你的一生是一首优美的诗
你的死是诗的残缺
……

在我将要离开逆温带开垦洼的时候,又遇上了风雪天。黄荣姨夫陪我去小姨和江阳姨夫的坟前,我不是默诵,而是缕缕情、声声泪地朗读了小姨的《早开的苹果花》诗稿,我要让逆温带的每面坡、每个洼、每棵树都能听到这血泪之声。我又铿锵有力地朗诵了《我心目中的女神》,并将诗稿焚化在小姨坟前,纸灰被风雪飘散开来,像翩翩飞舞的蝴蝶随风飘去,用老人的话说,那是被亡者的灵魂收走了。

小姨,我还会看你来的,下次来,我会用你喜欢的民歌体写一首《逆温带的怀念》的长诗。我要向你报告飞速发展着的逆温带以及逆温带果农们甜美的小康生活。

狼 事

一

"咦！大天白日的,哪来的狼叫声？"老伴儿自言自语的嘟囔声我没听清,书里的情节黏着我的注意力,既无法分身,也无法分心。老伴儿经常是这样的,一边干着活,一边不停地嘟嘟囔囔的,像是在自言自语,又像是给我安顿什么活计,还不明不白地臭我两句。我一个顶天立地的男子汉大丈夫("顶天立地"是老伴经常涮我的词儿),宰相肚里能撑船,让她臭了臭去,臭两句,不痛不痒的,也没什么,习以为常了,我不在乎。其实呢,我老伴儿有个被野狼吓下的病,几乎到了精神崩溃的边缘,我能再敢惹她生气吗,若真成了精神病,那我不是自找苦吃吗,所以,我只好事事时时让着她。不过,随之那特烦人的当当当的剁菜声没有了。

我正陷在一大本厚书里,陷在那书里描写的深雪窝里,正气憋胸闷地在消受姜戎的《狼图腾》,我不禁感慨系之:狼!嘿!好精灵的尤物啊!

"哎!老湃,哎老湃,哎——老——湃!你真的聋了吗?"老伴儿的一声吼,总算将我从书中唤回,看着她手中明晃晃的菜刀,也不知是为了啥,我不免有些莫名的慌乱。老伴儿见我不明就里的吃惊面孔,扑哧一声笑了。我老伴儿就这个样子,平时我在家的时候,你别想消消停停着看一阵书,写一阵字,一会叫我干这个去哩,一会儿又问那件事哩,所以,搞得人特烦,有时只好装闷儿,故意不搭理。不过,她很执着,她喊一遍我装着,就喊二遍,到第三遍我就装不住了,只好乖乖地按着她的旨意去办事。而这次我是确实没有听到,她才张声野气地喊起来了,也许因为这事儿于她来说,太令她意外,太令她惶恐了。

老伴儿正在一间之隔的小小厨房里切菜做饭,隔着窗玻璃我见她手里举着菜刀,头上扎着毛巾,腰里系着围裙,神情似乎有点儿紧张。她见我注视着她,才瞪着一双虽然人老珠黄了但还毛洞洞的眼睛怯怯地说:"你听,外面好像有狼叫声。"

我说:"日了怪了,大天白日的,城市里哪来的狼叫声。"我总以为是当年野狼吓她的那个阴影在作怪。说毕,我又埋头看起我的书来。

老伴儿见我不信,她连着打开了两道窗子,立即有一股强冷空气冲窗而入,她将我的耳朵直戳戳地通到了楼道外面,我打了个寒噤,也只有摇头叹气的份儿了。不过,我这耳朵有点背,而丫头给我置办的助听器我又不愿戴,一是戴上不舒服,二是免去了老伴儿整日里的碎嘴子唠叨声。老伴儿见我还没有反应,就从我的口袋里掏出助听器给我戴上,也够快的,立即就有嘈杂的声音夹带着透心的寒风吹进了耳朵。今年,从中央到地方,各级党委政府抓民生工作抓得好,热力公司不敢耍滑头,暖气烧得热,一进家门就得脱外衣。我心想,这个苕婆姨,三九寒天开大窗子,是不是成心要冻坏我啊。不过,从窗口飘进来的一支器乐曲却引起了我的很大兴趣。我是喜爱音乐的,也还懂点音乐,我拉二胡也有些年成了,我特别喜欢拉广东音乐,比如《雨打芭蕉》啊,《步步高》啊,《寄生草》以及《彩云追月》《昭君怨》什么的。由于水平有限,人多处不敢出手,只能是自拉自赏了。龙年将去,蛇年要来,人们把早年播放过的广东音乐翻腾了出来,《金蛇狂舞》,嘿!多带劲的乐曲啊。那苍劲有力而又不乏清脆悠扬的旋律,鸣奏出金蛇舞动的优美姿影和与命运搏击的深长意趣。老伴儿不懂音乐,她把《金蛇狂舞》当成野狼嗥了。有了这等激越舒心的器乐曲,书,我是看不下去了。我说:"你不是属小龙的么,那是给你奏祝福乐的呢,什么狼叫的呢。"

老伴儿不再与我争嘴,她静静地待在窗前,也不嫌冷。她是在等再一声狼叫呢。由她的神情,我想起了一件往事。我说:"你是不是又回忆起'文革'时去北戈壁旱梁杆上割麦子的事来了。那回,儿子没有叫狼吃掉,还得感谢那个尿床苕崔苕九哩。"

老伴儿没有接我的话茬儿,她固执地说:"真的,真的是野狼在叫,森抓抓的,我都听到两三声了。"

那天,我将信将疑,在老伴儿的一再坚持下,大开着窗子,将房子都放成了冰洞洞了,终没有等来狼的再一声叫声。

二

我家住着一个大院子,不是那种农村没管家的敞院子,而是有管家的,由物业公司来管,住着很是不太习惯。住户来自四面八方,就像树林里的各种鸟儿一样,有来自农区的,有来自牧区的,有来自平原的,有来自高山的,上百户、数百口人挤在一起,虽然各家住的各家的楼房,但是从外围的视觉上和内围的感觉上,都好像住进了密密麻麻的鸽堂子,装进了方方正正的火柴盒盒子一样。

山里来的哈萨克老牧民自言自语地说:"这楼房好是好,身子是放下了,可我这心总觉得还在山里啊。"

这里原来是这座小城近郊的一处干涸的河床,由于城镇化的步伐在加快,住房的需求量直线上升,建筑商只好因陋就简地建起了这一片楼房,"萝卜快了不洗泥",很快就销售一空,商家自然是懂得这些再简单不过的营销知识的。权威人士说,纵观历史长河,城镇化建设初始,在建筑样式、布局、规划上,不可能做到尽善尽美。既要快又要好,那是很难做到的。当年的多、快、好、省,愿望是好,你要求的面面俱到,实际上是面面不到,其结果肯定是顾此失彼。

我家住在一楼,这是大丫头孝顺下的。所谓的我家,也就是我跟老伴两个脑勺子后头镢头响的垂垂老人了,再一个就是大丫头的还不到两岁的尕孙子,也就是我和老伴的外重孙子。我们住着大丫头的旧楼房(她们搬去住新修的宽敞明亮的干部集资房了),说是旧,其实也旧不到哪里去,整个这个小区完工也就三四年时间,可见这小城发展的惊人速度了。住着丫头的楼房,帮助看管她的孙子,这自然成了顺理成章的事了。这个住宅区,有个很拗口的名字,叫"曼旦尼耶提小区",因为这小区的住户,将近三分之一的住户是山区来的哈萨克牧民,就起了个哈萨克语名字,翻译过来就是"文化小区"的意思。

第二天的早饭后,我去给重孙子打牛奶,出得小区门,只见刘老汉家的黑草驴四只蹄子挂在地上,只是个吧嗒吧嗒不停地拌嘴,不往前挪一步,气得刘老汉朝驴尻子踢了几脚,倒踢得黑草驴啪啦啦拉了一大泡尿,柏油路面上尿点子溅得老远,刘老汉的条绒棉裤也被溅湿了。围观的人越来越多,也有人出手帮助拉驴的,可这驴死活不往前挪一步。

我听得刘老汉骂骂咧咧的:"日了怪了,这大天白日的,哪里来的'张三爷'的叫唤声。"

人们七嘴八舌地嚷嚷着:"就是啊,哪来的狼叫声?"

我觉得蹊跷,真如老伴儿说的这城市里还来了狼了吗?我忙伸手到口袋里去取助听器,给果抓了个空。昨晚看《狼图腾》看得迟了,早晨贪恋了一阵被窝,起床晚了,由于赶着给孙子去取奶,走得慌了,助听器没带上。年轻时听人说,耳聋三分傻呢,我还有些不信,现在当自己老了,你不信的东西都一一应验到自己身上了。我只好傻乎乎地看着人们的脸色,耳朵过早地下岗了,作为耳朵的亲朋好友的眼睛,就不能不多担待一些责任。所以在人多的地方,你如果发现有的人,眼睛不停地在这个人脸上望一下,又在那个人脸上望一下,那准是耳朵不抵挡。我这人是里子也没有了还死要面子的那种,听不着狼叫声,干急湿急没办法,只好看别人的脸色。我见人们都把注意力转向闹市区的中心,那里是新兴的一片商业区,那里距我们小区约有五六公里之远,看人们的表情,好像都在疑惑狼叫声怎么会在闹市区呢。真若是那样的话,我就想起了当年我在此处当牧马人的一段经历,不过这话说起来就长了,看客允我后禀。

  刘老汉的那驴是头很秀气的草驴,个头儿不高,一素儿的黑,白嘴巴,长得很精巴。著名诗人张志民当年来新疆采风时写过一首很有名的诗,是专门写新疆毛驴的,题目叫《赶巴扎》,起句是"黑驴儿白嘴巴,银铃儿闹哗哗",发表在《新疆日报》上。那诗情画意使得我们一伙文友陶醉不已,百读不厌,后来作者结集出书时,将"闹哗哗"改成了"闹哗啦"了。我们仔细地一思索,嗯!这一改更形象也更有味了。你想,一群毛驴儿戴着铃铛走在赶巴扎的路上,不可能像打着拍子唱歌儿,一个调——哗哗。必然是参差不齐,七上八下——哗啦。哗啦,一字之改,全诗即活。名诗人这种特别严谨的写作作风,使我们备受启发。这首诗和著名画家黄胄画的新疆毛驴一样的出名,记得当时我们很为新疆的毛驴骄傲了一阵子。可是看到今天刘老汉这苔杆毛驴的样子,使人很没面子,我没好气地朝驴尻子也踢了一脚,它仍不为所动,还是一副"死驴不怕狼啃"的样子。事后听刘老汉说,那是世下(生就)的,驴世下就是给狼吃的,再攒劲的驴,特别是草驴,一听到狼叫唤就四只蹄子蹬展了,只知道前头拌嘴后头撒尿的了,连骨头都酥麻掉了。甚至,有的驴还循着狼的嗥叫声自送狼口,似乎很有点献身精神的样子。

有的看客问了,这草驴是什么驴啊?是专门吃草的驴吗?非也!我们这地方将母驴叫草驴,将公驴叫叫驴。叫叫驴这很好理解,凡养过驴的人都知道,所有的公驴都有个好嗓门,有一把子好叫手。它跟雄鸡一样,也要叫五更的,每更叫一次,那叫声尖扎得能把夜捅个窟窿。特别是见了母驴,也就是我们这里叫的草驴,那家伙那一把子叫声能把天吼塌了,那叫声能传出十里之远,叫驴的名字就是这么来的,那可真是名副其实啊!但是,因何把母驴叫成草驴的,我追根溯源,终没有闹出点名堂来,只好作为疑案暂且存档了。

三

狼的嗥声,时有时无,我是从老伴儿脸面的表情上看出来的,老伴儿的一惊,或是一乍,保准又是狼在嗥了。我是深度耳聋,如果身边没有这么个怕狼的老伴儿,恐怕我临了也不知道还有这档子事的。狼嗥声也使我感到异常困惑,总不能对老伴儿的精神折磨无动于衷吧。我只好把为还文债而赶写的一部中篇小说忍痛放下,把它当回子事,加以重视起来,并且全天候地蹲守留意,特别重要的是时时不忘身带助听器。功夫不负有心人,我终于捕捉到了狼的嗥叫声,是的,我辨味再三,是货真价实的狼嗥声。

早年里,我跟它们打交道打得多了,我当牧马人的时候,我的马群吃到哪里,它们就跟到哪里。春夏牧场我的马群进山,不几天,狼群也进到山里来了;冬牧场我的马群进了苇湖,它们也紧跟尻子来到湖区。它们山区有洞,湖区有窝,而且一帮狼群有一帮狼群的领地。冬天里,它们过着很有组织性的群居生活,十几只或几十只地聚在一起,它们也懂得"人多力量大""众人拾柴火焰高"的道理。每群狼都有一个德高望重的头领,也就是这个家族的家长。出去狩猎,有攻击方案,有严格的分工;狩得猎物,大家分而食之。夏季里,食物比较广泛丰盈,它们就结束了群居生活,各找对象,过起了和美甜蜜的夫妻生活。一般情况下,它们知道人的厉害,不与人为敌,尽可能地远离人居。它们是最好的猎手,野兔、老鼠、山羊、狍鹿,不费吹灰之力就可以逮到。有时,它们还想尝尝大马鹿那肥美的滋味,就联络附近的夫妇,联手作战,群起而攻之。你别以为它们没有读过《孙子兵法》,但它们懂得"请君入瓮""前后夹击"等战法,或许当年孙子就是从狼们那儿学来的招数写在了书里也不一定。

狼有时也攻击家畜,那一是确实没有野物可供食用的情况下,会不打借条地拖羊背猪,以解当下之饥;二是当人们掏了它的狼洞,伤了它的孩子,它们会毫不客气地给以报复。狼在报复人的时候是毫不计后果的。狼这东西,特别贼,你在明处,它在暗处,它们有一双贼亮的夜眼,它们就是凭着这个优势向我们的马群进行突然袭击的,使我们防不胜防。狼在暗处,你很难见上它们的真面目。

看客或许会问,既然你们见不着它们的身影,那你们是怎么知道它们在跟着你们马群的尻子转的呢,不是别的,就是狼的嗥叫声。狼的嗥叫声,我是领教过的,初始听,所有的人都会不寒而栗的,概莫能外。那声音里似乎赋予了一种刀光剑影的杀气。那音域之宽泛,音量之洪大,音色之冷冽,杀伤力比狮吼虎叫是有过之而无不及。我细细品味过,狼的嗥叫,都是仰天长嗥,由低到高,再拔高,那嗥声播放得很远很远,是一种野生界的引吭高歌,是一种威力的宣示,是一种震慑。有的人说,狼嚎是哭诉,是在哭诉怨怼,那是曲解,在狼的性格里没有懦弱,没有屈服。所以,我在叙述的时候,我选择了"嗥"字,而忌用"嚎"字。

据我所知,狼的嗥叫,都是在晚上,它们的战斗也是在晚上进行的。作为牧马人,想要在晚上睡个安稳觉,是很难的。一般来说,狼很少攻击大马,主要是偷猎马驹,所以在马产驹的季节,也就是马群转场到夏牧场之后,麻烦事儿就来了。要么你有一匹特别攒劲的把群儿马(就是吆把子的公马),能保得马群的安全。如果你没有那样一流的儿马,而是二流三流的儿马,要想你的马群不受损失,那只有角色换位,牧马人去当把群儿马,夜夜蹲守在马群里,为马群抵挡来犯之敌。

我当年做牧马人的时候,也是运气好,我的前任,曾培育了一匹在宝疙瘩山区来说属一流的把群儿马。这匹儿马是自生子马,有一趟子胎里带好走不说,最能耐的是它的铁定的把群能力,换句话说,就是它的领导管理能力。我曾亲眼目睹了一次它与野狼的精彩鏖战。

这匹把群儿马,是属于宝疙瘩山区特有的一个优秀种群,它个头儿不大,但特别壮实,四蹄如夯,眼亮如炬,尾丝飘逸,鬃似瀑布,身披枣骝色,胸部特别发达。

也是个骒马落驹的季节,有一天,我见有两匹口轻骒马要分娩,水门上的分泌物已见很多,不断地往外排泄,欠窝也已见塌下,凭经验判断,落驹,不在今晚,就在明晨。因为是头首子产驹,为了保险起见,我们打算把马群吆到马房子上过夜,我与助手去松林中往回吆赶马群。那时,夕阳已快落山,儿马正把马群往山梁上赶。我与助手截到马群前面,要把马群拦一个二回头,往山下赶。可是,儿马它不依了,它要按它的既定方针办,它就是要把马群赶到山梁上去。它一点儿也没有了平日里见了我驯服亲和的样子,它根本不把我们放在眼里,它抿着两只耳朵,一副凶巴巴很生气的表情,头抵在地上,跑过来,跑过去,或咬这个马的尾巴,或咬那匹马的屁股,我们甩鞭子打,拿树条挡,根本无济于事,马群尿流屁滚地冲过我们,向上洼爬去。赶我俩气喘吁吁地爬到山梁上,儿马已把马群吆得安顿妥顺了。见我俩上来了,它喜滋滋地仰颈长嘶,好像在向我俩致欢迎词呢,真使人哭笑不得。

这时,天已完全黑了下来。我心想,你竟然胆敢不听我的调遣,如果今夜马群出了问题,我再拿你是问。因为骒马产驹,必然有腥血之迹,会招来食肉野生动物的攻击,狼是第一杀手。如果招来灾祸,你那个卵蛋就别想再耍威风了,非一刀子割下来撂给狗吃了不可。

由于是两匹骒马同时产驹,又加是头首子,所以我俩不敢粗心大意,好在是炎夏之夜,虽然山场地区有点凉爽,但也冷不到哪里去,在大松树根底偎个窝窝,和衣而卧,还是能抗过去的,我俩决定蹲点留守。

我仔细观察了一下山梁周边环境,地势较平,视野开阔,山草茂密,倒是一个比较理想的夜场子。你还不能不佩服这儿马的眼头还是很高的。夜很静,旺月弓着腰,担在山头上,也很是悠闲自在。大约到了子夜时分,那匹花爪子小骒马可能肚子疼了,它卧下翻起、翻起卧下地开始折腾了。大疼到来的时候,没有经验的小骒马要离群跑走,但儿马一步不离地守在身边,终于使得骒马顺利落驹。由于我俩离马群较近,一股血腥之味扑鼻而来,我俩悬吊的心总算落下了一半。也就在不长的时间内,我俩隐隐听到了一声野狼的嗥叫,儿马自然也听到了,它立即奋鬃扬蹄,打着响鼻,快速地围着马群转了一圈,马群自动地头朝外屁股朝里个挨个地站成一圈,将小马驹和刚产驹的小骒马围在中间,做好了应敌的准备。

来的是两只恶狼,儿马立即迎了上去,与狼开始了你死我活的殊死搏斗。我和助手一人手执一截松木大棒,当儿马不敌之时,立即出手相帮。这是我当牧马人以来第一次见到的马狼搏击场面,也是第一次见识了枣骝儿马大战恶狼力挽狂澜的大丈夫风采。两只狼左冲右闯前后夹击,儿马前用嘴咬,后用蹄踢,恶狼根本近不了它的身。特别是儿马那瀑布般的鬃毛和状如扫把的尾巴,像皮鞭一样抽打在狼身上,而且溅出啪啪作响的火花,不到五个回合,狼已怯场,其中一只狼,美美地挨了儿马一蹄子,腿有点瘸地溜走了。儿马虽然也是一身的大汗,热气腾腾,但它毫不放松地围着马群不停地转着,厉目注视着恶狼逃去的方向。我算是信服了,牧马人有个格言:"好儿马能守着一群骒马,好男人不一定能要着一个婆娘。"

今天我是头一次听到狼的嗥叫,是在一个周日的中午,方向不差,就是在城的正中,不过我犯疑了,怎么这狼这大的胆子,竟敢在大天白日里扬声嗥叫?是在受了"不白之冤",在控诉冤情呢?还是在向人类挑衅呢?或者它们得知了人类已经制定了有关生态保护方面的铁定法律,它们也是在保护之列的,所以,爱在啥时候嗥叫,就在啥时候嗥叫呢。正在我胡思乱想的时候,又一声狼嗥传入我的耳鼓,这一次,好像是群狼在嗥,那声威不要说我老伴儿听了心惊胆战,就连我这个曾经与狼打过交道的老男人听了也会头皮子发麻。不信了你看去,我们曼旦尼耶提小区刘老汉的那头黑草驴,这阵一定是又拌嘴的又撒尿的,刘老汉也一定是在那里叫骂不休的。

我记得,在没有搞城镇化之前,这里是片苇湖,我当牧马人时,这里是我们生产队辟出的一方冬牧场。"文革"之后,我给县政协搞文史资料工作,知道了我们县从汉唐以来,就是游牧部落的草场,刚解放那会儿,这里是一座"帐篷城",也叫毡房城。县政府办公的地方是十六块墙子做成的一座超大型毡房,也随着畜群的转场搬来搬去,县长怕办公的大印驮来驮去丢失,便寄放在邻县城池的办公机关里,有时行文,还得到邻县盖章,不过,那时一年里头也办不了几件案子。从我记事起,那里的芦苇长得特别茂盛,芦苇是牛的好吃头,灾荒年,近两米高的芦苇,都会被牛群走过来走过去,一截一截地从苇梢吃到苇根,虽然较少营养,但是哄肚子保命还是很顶事的,而且芦苇丛中避风挡雪,牛群夜里卧在里面过夜,是很暖和的。在那几年的自然灾害中,我队几乎没有损失牲畜。芦苇丛中长着细茸茸的牧草,是马的好吃头,在风雪如割的寒冬里,马群吃了,既饱肚也保膘,所以,那是一方人见人爱的冬牧场。

那苇丛里有一眼泉,泉水出在一个高坡的下面,高坡的另一面有一个狼洞,洞口特别隐蔽,我是在一次寻找马群的时候发现的。那时,狼夫妻正在哺幼,我的马群就在附近吃草,却没有受到伤害。我听父亲说过,狼有状元之才,有君子之风,你不惹它,它不犯你,特别是它很注意邻里关系,从不伤害狼洞周围的牲畜。所以我没有张扬,这个在牧人来说,天大的秘密就让它烂在了我的肚子里,也因此,我和那对狼夫妻相安无事地做了两年邻居。第三年,也就是将要结束我的牧马人生活的那年,在一次牧友们的酒会上,由于我喝多了,不知咋的,就把这个秘密捅了出去,结果是可想而知的,我那一把子牧友都是天不怕地不怕的山野角色。我好后悔啊,我堵也堵不住,拽也拽不住,还不到两个时辰,他们就把狼洞给掏了,掏来了四只刚睁开眼的狼娃子。那时候,政府有打狼的奖励政策,四只狼崽被奖励了两只冬羔子细毛羊,煮了一锅手抓肉,牧友们美美地饱餐了一顿,这一下子就把祸惹大了,接二连三地的有大畜被狼咬伤和咬死。我的骑马,是一匹硬开功的花点子大走马,哈萨克朋友叫它"齐巴尔阿提",就在当天夜里被狼倒了肚子,我是欲哭无泪啊,我知道,那是狼对我的报复,我咎由自取啊。所以,我现在对狼的感情,是好,是坏,是怜,是恨,连我自己也说不清。

那一次狼群的动作很大,而且带有狂犬病,咬牛牛疯,咬马马疯,县政府下了很大决心,给猎人佩枪发子弹,组织了专业打狼队,一个冬季下来,狼被消灭得差不多了,狼的嗥叫声从此远离了人们的耳蜗,最受用的是放羊的和牧马人,可以睡个安稳觉了。

我离开放牧战线三四十年了,也有三四十年没有听到过狼的嗥叫声了,这乍一听到,还真觉得怪怪的,特别是在这城区里,那嗥声好像没有任何挡挂地直冲云天,不像在山区里,那嗥声即出,由山褶拦挡一下,由广袤厚重的原始森林给配合滋润一下,就有了舒缓曼妙的多声部效果。看来,这城区本不是狼嗥声的适宜环境。和我当年听惯了的狼嗥声相比,有点变味。正如我老伴说的,阴阳怪气的,森抓抓的,直抵人的脑门,身上你不由得不起鸡皮疙瘩。

当我捕捉到那嗥叫声时,正碰上几个音乐人在创作新建市的市歌。我们这个县前几年要说多倒霉就有多倒霉,都倒霉得快倒成炭槽子了,成了全州的耍龙尾的角色。自从开了中央新疆工作座谈会后,正应了"时来了,运转了,疙里疙瘩起来了"那句话,好像来了一股神风,把罩在我们县头顶上的霉气一下子扫光了,横空出世,一毛不拔的没眼望的连兔子都不拉屎的戈壁滩上,一下子冒出了一个让人直伸舌头的整装大煤田,三五年时间就像跨越了三五十年。我们尕尕的个边陲小县城,边边沿沿算上,也就十多平方公里的个地盘,一下子扩展到五十多平方公里的地盘,而且从上面传下话来,不久就要改县为市,所以,一些颇有远见卓识之士,就捷足先登创作起市歌来了,想一炮走红。

维东是个地地道道的市区娃,金梅是位货真价实的城里丫。他俩多少天来苦思冥想,正苦于找不到一个既优美又高亢的理想的旋律,乍听狼嗥声,他俩惊得目瞪口呆,这是多好的音程啊,多美的旋律啊,简直就是天籁之音。金梅试着仿唱了一个音段,那几个弯弯子无论如何拐不上,特别是最后那个高音说什么也爬不上去,金梅心想,就是日能的女高音钱红也肯定爬不上去。

维东是操琴的,他说,世上所有的音域都弯不过1、2、3、4、5、6、7七个音符,再加上4、7两目半音,概莫能外。他说:"我来让琴说话。"接着他操起小提琴,仿拉了几下,还是不行,直摇头。

这两个既没见过狼,也没听过狼叫唤的城里娃,还以为是哪位音乐大师的杰作呢,是贝多芬?是柴可夫斯基?抑或是哪位不知名的音乐大师的佚作?不过,以后的一段时日里,在早晨大约六七点的空旷里，总听到一个女孩声在广场上练狼叫声，天长日久，那女孩终于遂了心愿。在夜深人静的时候，你会听到一只母狼在嗥叫。

四

那狼嗥声，隔几天就来一次，有时声大，有时声小，我戴着助听器，声大了能听到，声小了就听不到。可我老伴儿耳朵尖，声大声小她都能听得到，而且一听到狼嗥声，她就浑身发怵，脸色也变了，本来少颜缺色的脸面当下变得红扑扑的了，还有点返老还童的味道。

这个中来由我是知根知底的。"文革"期间，我这个"臭老九"靠边站了，生产队里的男人们，正在轰轰烈烈地"闹革命"，夏收的活计就落在了妇女们的身上了，西口外的婆姨们背手大，特别是农村的婆姨们，用她们自己的话说，白天背了黑里背，都快整成背锅子了。我家在的那个生产队，种的两头庄稼，天山脚下一头，北戈壁一头。北戈壁的庄稼种在旱梁杆上，春天趁雪墒把麦种子埋在地里，就等雨水了，雨水多的年成，就成下了，丰收了，雨水少的年成，麦子不是拿镰刀割，而是用手来抓，那可是个苦差事，也只有心细的女人们能做这活儿。那时，人们发疯似的只顾"搞革命"了，生产没人管，老天不下雨，北戈壁的那头庄稼就瞎掉了。我老伴儿是妇女队长，军宣队派她带队去收割那头庄稼。老伴儿带的队伍，除了一个半苕不寡的尿床苔崔苕九是男人，其他的都是一色的娘子军。

北戈壁的旱梁杆，直到二十世纪六十年代还处在原始的荒漠混沌状态，那是狼的天然领地，马兰生产队的闯入，使狼无可奈何地迁走了，但它们不高兴，也不甘心，曾在夜间咬死了队上的一头驴，背走支边青壮年黄桃花家一口猪，进行了比较克制的报复。但是，人比狼强大得多，狼的报复引来了人的更大的憎恨。一次，一匹公狼竟然斗胆在大天白日里出现在人们的视野里，那还了得，好像冒犯了人们的尊严似的，社员们正在夏收打场，一声吼喊，有四个壮小伙，一人卸下了一匹正在打场的口轻骟马，翻上身就追狼去了，有的拿的铁叉，有的掂的木棒，唯有二杆子凉保子顺手捞了一把镰刀。

你可知道，那个时候的户儿家人和山中的牧人，对狼是怀着多大的恐惧和仇恨吗，就是一种不共戴天的情绪，见狼不打三分罪呢。四匹加过大料的骑马，四个精壮的年轻骑手，加上一展风采的强烈欲望，那只倒霉的公狼没承想会是这样一个遭遇，只有夹起尾巴逃的份儿。可是这平展展的大戈壁，一眼能望出十多里，连个藏身的崖坎和蒿墩也没有，唯一能做的就是拼命地跑。

从下戈壁滩撵到上戈壁，又从上戈壁撵到旱梁杆，眼看就要追上了，二杆子凉保子骑的那匹铁青马蹿势，首先扑到了跟前，他鼓足了劲一勾腰将镰刀甩了出去，岂知他一门心思地追狼，神情也太为专注了，他就将镰刀拿反了，镰背拿到了后面，镰刃拿到了前面，二保子猛地将镰刀朝前一扔，就将自己的头皮子削去了一块，鲜血直冒，差一点把自家的脑袋削下来。

这一事件轰动一时,说什么话的都有,不过有位白胡子老人说得好,那镰刀作为一件农具,使起来也顺手的呢,可是作为一柄兵器,那可不是谁都能耍得了的。你看古来的十八般兵器中,差不多都是由我们平时使用的工具演化来的,叉、铲、杖、棍,就连封神榜上广成子拿的番天印也是我们平常用的算盘演化而成的,可是就是没有镰刀这个兵器。镰刀是不好耍的,耍起来最容易伤着自己,二保子不懂这个理,险些把命搭上。

五

马兰生产队的北戈壁那头子庄稼也是种一年不种一年的,一方面那头子庄稼没有保障,再一方面是那些年生产队的干部像走马灯似的经常换,每年一到冬闲了,就派整社工作组进村,工作组整上一冬天,总得整出些成绩来吧,成绩就是重新规划条田、路、渠道。把林荫道上的防风林,栽了挖,挖了栽,十几年过去了,还是个矮墩墩。再就是重新组建领导班子,一茬一茬地换,一直到后来差不多的人都当过领导了。选干部事实上是工作组在指定,先是从贫贫的贫下中农中选,都当过干部了,后来的工作组就从中农中选,也都当过了,就只好从别的成分中选,我老伴儿就是在这种情况下临危受命的。她家是富裕中农,嫁给了我这个贫农家庭,按党的政策,她应该就是我这个贫农家庭的一员,然而,还是被另眼看待,

"文革"中,就把她推出来当妇女队长,因为实在再找不出合适的人选了。男劳力都派去修水库、"闹革命"去了,就由她带上妇女去北戈壁搞夏收,那时我老伴儿还处在哺乳期,我的小儿子虽然两岁了,但还在吃奶。下戈壁的时候没处撂塞,只好带上。

北戈壁是个没人烟的地方,基本上没有像样的入住设施,有一口人畜吃水的深井,几间破破烂烂的草房子,再就是一堆连黄羊都不愿吃的劣麦草。我老伴儿她们要去收割的麦子在还要往北走一截路的旱梁杆上,这里的条件就更提不成了,要啥没啥,做饭只好在地埂子上挖个锅炉,把锅安在上面,露天地里做饭。

最大的问题是夜晚睡觉的问题,只好利用哈萨克牧民春季给羊接羔的临时羊房子,将就几天。这羊房子里面那难闻得让人憋气的骚胡味就不说了(为了便于看客理解,这里还是得说一下,那骚胡是什么?骚胡就是公山羊,公山羊身上分泌出一种叫母山羊神魂颠倒的气味,可是若是人闻了,特别是从来没有接触过羊群的人闻了,保准你三天吃不下去饭),可是那干打垒的墙土,见风就落土,而且没有房顶,只是个墙圈子,只能挡风无法防雨。再说,就一间大的墙圈圈,在上面搭上几条毡、被单子之类的东西,也能讲究着睡,可是睡男的呢还是睡女的呢?按常理,自然是女的优先啦,那么男的总不能睡在露天地里喂狼吧。这就是我老伴儿当上妇女队长后,遇到的第一个大坎儿。

不过,还好,这里只有个崔苕九一个男的,半苕不寡的,还是个尿床苕,就由我老伴儿带到北戈壁给割麦的人刨柴担水做点杂务活计。旱梁杆上的麦子,由于六七月份的枯水期未下雨,长得稀稀拉拉的不说,麦穗儿像擎的几个生活头蛋子(毛笔头头)一样。割起来,有手里抓的,没有镰刀口里割的;有镰刀口里割的,就没有手里抓的,她们只好尻子偎在地上用手抓,一天下来,腰困腿酸屁股疼,收工后回到驻地都就趴下起不来了。晚上睡觉也不管是男是女的,都挤到一个墙圈圈里了。我老伴儿年岁大一些,只好挨着崔苕九睡,把年轻媳妇和姑娘们与崔苕九隔开。

崔苕九这家伙,有一股子苕劲儿哩,前几年灾荒年,逃荒到新疆的人多,只要能给落个户,给上些吃的,不管麸皮还是洋芋,就可以给你当婆姨。崔苕九的家人正为他说不下婆姨发愁呢,可对上了个好茬儿,总算给他领进门来一个女的。那女的人还长得不错,就是身子单薄一些,驮驮子欠点火候,也许吃上一些日子的饱肚子,就驮得动了。可崔苕九这家伙好像八辈子没见过婆姨,一黑里爬在上面不下来,告饶也不行,那女的天不亮就逃走了。

崔苕九是个尿床苕,我老伴儿带队还做饭,所以她睡得迟起得早。她怕崔苕九尿床,睡的时候总要把苕九喊醒去尿一泡尿。这里夜夜都有狼嗥,苕九出门就掏出家伙很有劲地尿上一阵子,啪啦啦的,响声很大。由于女人们大都怕狼,所以睡不踏实,听着苕九尿尿就厌烦。还不仅如此,我老伴儿把我的尕儿子放到紧靠崔苕九的边上睡觉,这小家伙白天睡足了觉,晚上时时喊妈妈,说有老鼠叫唤呢,其实哪里是什么老鼠呢,是苕九又在尿床呢。苕九身下经常铺一张生羊皮,羊皮不断地被尿湿,又晒干,天长日久就赋予了相当的音响效果。苕九一旦夜尿,就当啷啷地响个不停,所以我小儿就以为是老鼠在啃咬干馍馍的呢。由于苕九的干扰,大家都睡不好,谁也不给苕九个好脸子看。

有一天,终于有一件担心的事还是发生了。那是快天黑了的时候,我老伴儿去旱梁杆上给收麦人送吃食,帮着拔了一阵麦子,和收工人一起回来得有点晚了。我的尕儿子睡醒一觉后,等妈妈不来,就出羊圈子去找妈妈,他在蒿墩子荒地里深一脚浅一脚下地走,尕人人子还没有蒿墩子高。也就在这时候一只老狼从圈子后面的一条枯沟里蹿了出来,就向小孩走去。收工回来的人都看到了,我老伴儿一看就惊得魂飞魄散,连哭带吼地就往前跑,茶桶饭缸都摔了过去,哪知栽了几个马趴,腿软得像个面条儿似的,只是声嘶力竭地喊:"完了!完了!!"大家都吼直了声。那老狼还是咬着了小孩胳膊,我老伴儿已经昏了过去。

就在这时,只见崔苕九精着个身子从羊圈圈子里冲了出来。我老伴儿给割麦人送茶饭之前,搭了一笼刀把子(馍馍),安排苕九架火蒸馍馍。苕九两手捞着两根熊熊燃烧的火柴头向老狼冲去,其速度之快,似乎就在眨眼之间。老狼先咬着小孩的胳膊,正要换口去咬喉咙,苕九已扑到跟前,一火柴头摔下去,打在了狼的身上,火星四溅。老狼松口向苕九扑来,苕九将另一根火柴头向狼口捣去,狼天生是怕火的,两个回合下来,老狼已有些胆怯,它看到苕九伸着两手就要逮它,看来这苕家伙不是好惹的,收工的人们也已赶到,老狼夹着尾巴逃跑了。

老狼逃跑了,孩子得救了,我老伴儿趴倒就给苔九叩了三个响头。其实按辈分苔九还要把我老伴儿叫奶奶呢。我老伴儿抱起儿子翻过来又掉过去地看,结果身上没有一个牙印,大家都说,那肯定是一只老狼,牙磨秃了。

狼打跑了,而苔九好像还意犹未尽,他说:"你们再来迟一点,不要把狼惊跑,我就把它活活地逮着了。"平时看起来乜乜脓脓的人,大家说,红萝卜醮辣子——吃出看不出,还有这两下子。也有人说,这也正是他苔的缘故,苔子,脑子里缺弦的呢,所以天不怕地不怕的,当然也不怕狼。

我老伴儿就从那儿得了个怕狼的病。一旦有人说起狼,她就浑身打战。有时,和我一起看电视,电视若出现了狼,她就闭眼睛直往我的身后钻。你给她怎么开导怎么宽心,都是闲的。她说:"我也知道,可就是由不得人啊。"

六

狼的嗥叫声,引起了人们的恐慌,特别是我们曼旦尼沿提小区,大家议论纷纷,说啥话人都有。有说:"这十冬腊月的,正是打狼的季节,狼皮的针毛刚好出齐,我听好像有好几只狼呢,走!打狼走,是儿子娃娃的跟我走,还害怕卖狼皮的钱烧手呢吗?"有人说:"空巴两手的,拿啥打呢,枪政府管得严,你还不是闲磨嘴的呢吗。"

有人说:"国家有政策呢,看把你日能的,你敢打?你连一根狼毛都动不了,森林警察立候候等的呢,你打了,罚钱不说了,还不判你个三年五年的。"有人接着话茬儿说:"就是的,那几年,狼被打光了,牧区的羊直转磨磨子,说是得了苕病了。现在的狼都是政府从外国引进来的,是洋狼,泅(繁殖)得可快了。"这时,有个刚从山里来的哈萨克牧民说:"啊呀,这个害人鬼,前日个,司的克沙衣冬窝子上乃比的羊群招祸了,一黑里就扯(咬)死了十几只,这个害人鬼,了不得了。我听说,你们这个小区有个政协委员呢,我找不着门道,我说给他,让他给政府反映一下。"

大家你一句他一句的,正说得热闹,忽然小区门外,闹嚷嚷的,有人高声叫骂的呢,大家便向门外围了过去,原来是刘老汉一手牵着他的黑毛驴,一手提着一塑料袋子蛋糕在叫骂:"你们看看这是人干的事吗,这白白的吃食,就撂进垃圾罐里,我看脖子得饿折得了,造毛也不是这样的个造法,这还了得。你们头抬起来往上看一下,老天爷眼睁睁地望着的,把老天爷惹反弹了,我看得饿死一茬子人呢,不信,你走着瞧。"正在刘老汉情绪激昂满嘴唾沫星子乱溅着叫骂的时候,狼嗥声乍然而起,反应最为敏锐的是他的黑草驴。那驴立时腰塌了下去,两耳抿上,嘴拌得啪啪啪地响,连尾巴都没有夯起来,就啪啦啦地撒出一泡尿来,撒在水泥地上,尿点子四溅,围观的人们,躲避不及,每人的裤管上都沾了几点子,骂骂咧咧地走了。

刘老汉是个很有个性的人物,他对人很热情,也还爱管个闲事。他在农村里当了几十年的村支书,不过不是连着当的,有的驻村工作组把他拨拉掉了,翻年来新来的工作组又把他扶上了。按他自己的说法,翻上倒下的次数也数不清了,在任上或不在任上,大家都叫他老支书,他的名字倒是知道的人不多。他的名字叫刘宽,他是老大。老二叫刘大,老三叫刘政,老四叫刘策。弟兄四个,名字排下来,就是宽、大、政、策。名字是解放初他家老爷子起的。新社会了,人们都在赶新社会的时髦。过去人们用过的什么"金、玉、满、堂"了,什么"福、禄、祯、祥"了,还有什么"忠、孝、仁、爱、礼、义、智、信"了,等等,都觉得沾着旧社会的味道,是封建迷信的东西,贫下中农应该和它们划清界限。可是,那时新名词少,当初减租反霸,镇压反革命,"宽大政策"讲得最多,老爷子不识字,就用上了,刘老汉的名字就从此打上了那个时代鲜明的时代烙印。

刘宽老汉七十多岁了,身板儿还算硬朗,加之他为人勤快,早晨起得早,拿着一把扫帚就清扫小区的过道和旮旯拐角,还是农村里当党支书的台架,有着很好的人缘。所以,小区要选个区长,其实就是看大门的,大家一声吼,就把他选上了。小区里家数子多,上面来个通知,或者什么文件的,需要给大家传达。小区本身还要制定些制度,还有些收费的事,都要召集大家开会。可是,一家一家地去喊人,太费事。刘宽老汉就把当年农村里唤社员们上工时敲过的半截子犁铧,用黑草驴驮来,吊在一棵老榆树上,有事时就当当当地一敲,大家都下楼来,把该办的事就办了。

区长是选上了,可这个区长也不好当,遇着的头一件难事就是有些人家从农村里带来的家禽和牲畜。脏就不说了，也聒噪得不行，驴叫鸡鸣牛哞哞，人们睡不上个安稳觉，大家有意见。其他的都还好办，院子就这么大，没处养殖，没处放草料，只好尽快处理，包括区长的那头黑草驴，刘老汉带头，一狠心，出手卖给了河南来的一帮驴贩子，尽管心里疼得不行。再就是有几户哈萨克老牧民，他们离了奶茶，头疼，日子不好过。咋办呢？经刘老汉联系，把几头奶牛代给了小区附近的一家农户，掏上代场钱，哈萨克女人自己去挤奶，解了燃眉之急。不过，也没有过多久，他们把奶牛也果断地处理掉了，可以掏钱买牛奶吃么，也有郊区的养牛户直接把牛奶送到小区来的，奶茶还是照样地喝。不过，生产的为一方，消费的为另一方，他们由农民牧民变成了城市市民，从此过上城市生活。

七

狼嗥声还嗥醒了一位昏睡人。

这个人就住在与我同一个单元的四楼层402室，哈萨克族同胞。他是一位宝疙瘩山区颇有名气的老猎人，名字叫达开，今年怕上八十岁了。他是十多年前打猎时从马上摔下来，严重的脑震荡，昏迷过去，再没有苏醒过来，成了一个植物人。我进他房里看过，人长得很魁梧，吃饭时，只要人把饭勺送到嘴边，他知道张口吃饭，由于家人侍服得周到，脸上红扑扑的，就是醒不来。

早开的苹果花

　　那天,刮了一场刺骨的白毛风,风力很大,风向是西北风,我们这个小区处在城的东南面。大约是下午六点的时候,狼又嗥叫了,由于风力的承载,嗥声就特别的大,连我这个深度聋人未戴助听器都听到了,我老伴儿的情况就可想而知了,只是紧挨我坐下,把我的手捏得生疼。就在这个时候,我们的楼层上面伙抬翻了,又喊又叫的,又哭又笑的。

　　咦!怎么回事呢?肯定是发生了什么不测之事。邻居们的事也是我们自己的事,那能充耳不闻,坐视不管呢。我破门而出,就往顶楼跑,老伴儿不敢一人在家里待,紧跟着我的屁股,冲了上来。原来是四楼的老猎人醒过来了,啊!真是奇迹!他醒过来就不停地喊:"打狼,打狼!"而且还挣扎着要下床,要找他的猎枪,要找他的骑马,显然,他的思维还停留在十多年前。你说奇怪不奇怪,昏迷了十多年的人,居然被狼的嗥叫声唤醒了,全家人兴奋得快要发疯了。刘老汉跑来了,听着消息的人都跑来了,全小区沸腾了,这是多么值得庆贺的一件大喜事啊。

　　这几天来,大家都在说狼的事,但没有一个人说狼的好话,特别是山里来的哈萨克牧人,视狼为仇敌。由旱沟村来的张老汉,他住在我家对面大楼的三单元五楼501室里,他喜欢唱新疆小曲子,对了我的板。他是个唱家子,我是个拉家子,板胡、二胡、三弦子,我都能拨拉几下子。我们经常在一起演唱,什么《小放牛》啦,《梅降雪》啦,《张良卖布》《兰桥担水》啦,一下子把小区的文化活动给活跃起来了,每到午后夏凉的时候,人们都围上来了,勾锣梆子,甩子瓦子,胡胡弦子一起上,真够红火的。有时在一些老家伙的撺掇下,还唱一些半黄半绿的《小寡妇上坟》《钉缸》《二瓜子吃车》等专门闹趣儿的折子戏。不过,像《下三屯》之类的黄得掉渣儿的曲子,就是再咋么撺掇,我们也不唱,就让它烂到肚子里去吧。可文化馆的人咋么知道了,跑上来堵在门口,非要我们唱,求情下话的,还带来了录音设备。人家是公家人,我们有啥不放心的,我们就唱了,按那们(他们)的说法,那是"非物质文化遗产",要保护起来。老张自从和我们一起住进这个小区,我们玩得很好。可我第一次听说他放了一辈子羊,是个羊倌。我心想,一个在野滩里放羊的,咋会唱曲儿?据他说,野滩里,人心慌得很,就记曲儿,就唱给自己听,唱给羊儿听。哦,也难怪,他会那么多曲儿。

说到狼,他气恨得不得了。他说:"政府现在不让打狼的政策我看就不对,那家伙繁殖得可快了,一窝下四五个狼娃子,几年工夫就成气候了。我在旱沟放羊的时候,羊圈子打了两丈高,还是把那(它)没挡着。你猜怎么着,原来狼也会搭马架子,就是一个趴在墙根里,另一只跑欢了踩着狼的肩胛跳上墙头,进圈里吃羊。你吃上一个半个的也还好说,可它咬下一摊,血屎胡拉的一摊,你说气人不气人。有一次,我下了硬夜,有一沙沙月光,我明明看见它跳进了羊圈,也听到羊圈里喝雷震道的,可是,我提了一把砍山斧,举着马灯,进到圈里,却丝毫不见狼的踪影,就是找不着。没承想它上了天了,没承想它入了地了,没承想它藏到羊群里头了。羊圈就那么大的块地方,我旮旯拐角都找遍了,还是找不着。日了怪了,我两眼睁睁地看着它跳进圈了,它会到哪里去呢?我就不信驴打尻子骑不上,我又举着马灯找了一遍,还是个找不着。真是鬼东西,你猜它藏到哪儿了?直到我回到家里才知道了。原来那天我婆姨上城看坐月子的丫头去了,房子里就我和七岁的儿子两人,我去打狼,儿子胆小,不敢一人蹲在屋里,我前脚出门,他就跟着我的尻子也来到了羊圈。来到羊圈,我自顾自地举着马灯找狼呢,当然也只能看到灯光照着的地方,而儿子站在一旁,却在背灯的暗影里把狼看着了。原来羊圈的中间有一根很粗的柱子,狼就藏在柱子背后,它站起身子,两前爪抱着柱子,随着灯光在转,我转到东面,它就转到西面,我转到南面,它就转到北面,它一直藏在灯光的暗影里,所以,我是看不到狼的。但是,儿子咋不告诉我呢,儿子说,那狼的发光的眼睛一直死死地盯着他,就像他有时干错事了,爸爸拿眼睛瞪他一样,那眼睛可怕极了。再说,那狼还把嘴巴龇开,看那意思,是在警告儿子,只要他一张口说话,随时都有可能扑过去咬断他的脖子。小小年纪的儿子还哪里敢吱声呢。我二回来到羊圈,狼已踩着槽板翻过墙头逃跑了。"

八

  大约是腊月头上的事,一伙血气方刚的年轻人经过商量,做出了一个大胆的决定——打狼。而这个打狼组织的高级顾问就是刚刚苏醒过来的达开。达开是赫赫有名的哈萨克猎人,十里八乡没有不知道他的。但是他的思维记忆还定格在十几年前,还定格在他当年当打狼模范的荣耀里。下面记录了达开老人和家人的一番对话,听起来还蛮有意思的。

家人说:"你刚刚病好了,还需要好好地休息调养,还需要检查治疗。"

他说:"我就是长长地睡了一觉么,有啥病呢,这不是好好的吗。"

家人说:"你都这么大岁数了,像你这大岁数的老人都领高龄补贴了,我们正给你办的呢,你也该安享晚年了。"

他说:"我记得我才刚过六十嘛,我们哈萨克牧人整天吃肉喝奶子的,你们看,我这身体棒着呢,六十几岁能说是老了吗?"

家人说:"你一睡就睡了快二十年了,你今年都八十三岁了。"

他说:"噢哟,怎么一眨眼就八十三了。不过,我想长睡的人是不长岁数的,就是要算岁数,也只能算一半,因为一睡一醒才是一个整数儿,所以,今年我顶多也就七十多岁,准确的数儿也算不来了,只能是个大概的数字了。"老人还是那么风趣幽默,说得大家哈哈大笑。

家人说:"年轻人要打狼,就让他们打去,你就别掺和了。"

他说:"年轻人没经验,需要我们老猎人的传帮带,猎人也应该后继有人,我要教出几个好徒弟来。"

家人说:"政府下令不准打狼啦。"

他说:"是吗？我怎么没听说过。"

家人说:"你不是睡着的呢吗,那怎么能听说呢。"

他说:"政策咋两个样子了。不是打了狼还奖励吗,打一只狼奖一只羊,我们家差不多把政府的半群羊挣来吃了嘛。光给我发的奖状就装了半箱了,还戴大红花,到县上、州上、自治区开模范会。我一觉睡醒来,咋就变了呢。"

家人说:"时代朝前了,科学发展了,环境美化了,生态要平衡。科学家说,狼和其他野生动物一样,都是自然界中生物链的重要一环。狼这个物种一旦消失了,就会造成生物链的缺损,就会使自然界的正常形态和动作受到伤害,会给人类的生活带来麻烦。"这是老人正在上海科技大学读书的孙女阿衣古丽说的。

老人望着对面站着的可爱孙女,眼睛亮亮地闪了一下,高高地爹起大拇指,爽朗地笑了。

九

年轻人的打狼队有所行动了,但他们还是尻子屎得不行,听那怪怪的嗥叫声好像是一大群狼在嗥叫,至少也有七八只呢。拿啥打呢？怎么个打法？他们一无所知,所以,有好几个开始在向后缩,说泄气话,造成了军心不稳。达开老猎人在家人的开导下,明白了事理,已不为所动。刚从丫头家吃亲戚家的宴席回来的张老汉,一听说有打狼的动议,正中他的下怀。他与这大号叫"张三爷"的仇家有宿怨,虽说是一个"张"字掰不开(当地人把狼称为张三爷,我问了许多人,也没问出个所以然来,我相信肯定会有一个好故事在里面,我会继续寻访,到手后,一定要奉献给看客们的),但冤有头债有主,一次就咬死了张老汉十多只羊,他是耿耿于怀的,张老汉毛遂自荐当了打狼队的顾问。

老张当了顾问后,考验他的第一件事,是武器,总不能空手去套狼吧。枪肯定是弄不上。拿棒打刀砍矛子戳,狼不会苕得定定待在那儿让你去取它的性命吧,咋办呢?再一种武器就是达开老人的三个锈迹斑斑的"架捞",哈萨克语叫"卡克板",那是作为一个誉满宝疙瘩山区的猎人的心爱之物保留下来的。年轻人肯定玩不转,而且这件捕狼的"武器"有一定的危险性,闹不好会夹断手指的。老张当年玩弄过,但那是一门具有特殊诀窍的技术,他玩得不精,所以他没夹住过狼。老张找达开讨教了几次,便信心满满,便把"架捞"提回家,拿砂纸把铁锈打掉,重新安了竹扦子做的发芽子。凡是野生动物,都有一副特别灵敏的鼻子,你把"架捞"埋在它们要经过的小径上,你还得算计好它们的步幅,亦步亦趋地把它们的蹄子或爪子引到暗设的发芽子上。不过,即使你伪装得再巧妙,如果"架捞"上附有铁锈或者血渍,都逃不过它们的鼻子,它不会上那个当的。老张挺上心的,顾不上来文化室唱曲子,直干了三四天才整治窝耶(妥当),我老伴儿一天价往老张家跑三四趟子。那些小伙子,有拿棒的,有拿斧头的,有拿铁钗的,也有找不上得手武器的,就拿了自家的一根擀面杖。

到了腊月头上,数九寒天,水银柱冻得缩起脖子只是个往下圪蹴。多数人是图热闹,跟上打喝声的,只有几个骨干分子,信心百倍,摩拳擦掌,跃跃欲试,从表面上看,打狼队还是有相当的战斗力的。

迎着刺骨的寒风,打狼队雄赳赳气昂昂地出发了。今天又刮起了白毛风,狼的嗥声,不仅声大而且尖厉,还似乎是群狼在嗥。队伍循着狼的嗥声一直向西,一路上芦苇花摇曳着它特有的韵律,在风雪的鼓动下,似乎跟进时代,有了些许摇滚的味道,要去的地方,离这儿也就七八公里的样子。

这座小城,我前面说了,它的历史并不长,由草原文化到农耕文化是一个极其漫长的过程,可是在如今创造了新的传奇。

中央新疆工作座谈会之后,不几年工夫,高楼大厦像码火柴盒盒子一样,走到哪里,你都得抬头仰望,这座小城,就剩苇湖当间的那个占地约两平方公里的大土疙瘩,在高人的授意下,计划利用原有的狼窝掌修一座动物园,还没动工兴建呢,这野狼不知道从哪儿得到了消息,竟然不请自到,捷足先登了。

打狼队的这帮弟兄们,你不能不说他们着实冲动得可爱,他们正行进在风雪弥漫大道上,迎面,突然几个骑马的牧人疾驰而来,他们马鞍上捎着套马绳,手里攥着大头棒,一副参加械斗的样子。经询问,他们也是去打狼的。却原来是虚惊一场,你猜是怎么回事呢,原来是狼窝掌的边儿上布下了一个很大的商业区,是援疆的厦门市出资捐修的,有一家特别气派的高级服装城,受狼窝掌的启发取名叫"七匹狼服装城",商场门口摆放着七只与真狼一般大小的用花岗岩雕刻的狼,神态各异,栩栩如生。那狼嗥声就是他们从高音喇叭里播放出来的仿狼嗥声。

张老汉的打狼队员们,听此一说,都像气球被针扎了个眼眼子,当下就瘪下去了,闹了个哭笑不得。一场闹剧就此打住。

小说二题

趣　人

"把他家的！"嘿！这人没水平，未说话呢先骂上了。其实，也怪不得他，辈辈鸡儿辈辈鸣，北疆一带的户儿家（农民），人老几辈子，就这个腔口，传下来的，对谁都这样子，老子对儿子，儿子对老子，常常出口就是把他家的，好像这句话就在嗓门眼子上堵的呢，不把它掀开，其他的话就出不来似的。

"哎，车户，开稳当些，晃晃荡荡，把人都摇醉了。"被唤作车户的驾驶员，装个没听见，这号子人招不得，不然，就没完没了地缠你。

公交车快到大黄山了，这人一上车就大声野气地说话，其实，没上车呢就满嘴跑火车呢,他给驾驶员——他不叫驾驶员,他按农村的叫法,叫车户——他说:"你给我装好,别甩掉了,有大用场呢。"驾驶员说:"你看,这是你的一口袋肉,紧挨着的是别人的一口袋洋芋,看清楚了吧,你的肉口袋在左手,人家的洋芋口袋在右手,紧挨着,我说清楚了吧。"

那人说:"你说清楚了。"

驾驶员又问:"你看清楚了吧。"

那人说:"看清楚了。"

驾驶员说:"嗯!清楚了就上车。"

那人是最后一个上车的,座位在前二排,位子上放着他的大衣和背包,尖得很,早占好位子的呢,那个年代,不按号坐车。他还没坐稳当,就从背包里掏出了一瓶黑字大曲(烧酒),晃里晃荡的,瓶盖用牙一咬,嘴对瓶口就来了一口,咯当一声,咽下去,老脸上立马绽出一朵黑不溜秋的馒头花。

"老王,来,来一口!"被唤作老王的,忙往后掖着身子,虽是笑着的呢,却皱着眉头,摆着双手,推让。看来,他们是一搭里来的(一块儿来的),一搭里来的还有几位,他们坐成了一圈圈,有男有女,有老有小,他们是收完庄稼去浪门的(走亲朋的),多数是去乌鲁木齐、昌吉的,有两个要去伊犁的察布查尔。这个提溜着酒瓶子的老人,不知姓甚名谁,他爱说趣话,暂称他趣人吧。

与趣人同行的,有个高八度声腔的女的,不差啥也四十多岁了,还是野滩里的架势,不避嫌,大咵二讲的。车前头放的成龙的武打片,被影响得看不成,后面有人说话了,一位哈萨克老爷子说:"哎,那个央歌子(媳妇、婆姨),让我们看电视呢吗,还是听你说话呢?"

那央歌子往后一望,脖子一缩,脸红赤赤的显得特别不好意思,看来,那是一位没有出过门的又勇于改正错误的好女人。不过,她到头来仍是个不甘寂寞的农村女人,话儿痒痒在嗓子里,不说是不行的。她把声音从高八度调整到低八度,虽然防不着冒高几声,但都在大家能接受的范围之内。不过,这阵大多数旅客都已无所事事地昏昏欲睡了,连那位哈萨克老爷子也在这酷似摇床般的公交车韵的魅力下,两眼微闭,舒服出些许哈喇子,兀自不知。

趣人越喝越有味,越说越有劲,黑字大曲又下去了一截子,央歌(我们把那婆姨权叫央歌吧)坐在他对面,馋兮兮地望着趣人,看得出来,她是喜爱这尤物的。趣人说:"要不你也来一口?"央歌说:"一口算个啥呢,荤不荤素不素,把人弄得个下不来,多难受。"央歌接着说:"我家那个脬牛(指她男人)半夜里不知在哪里喝了点猫儿尿,回来欺操人呢,空一下实一下的,我说,有本事了来!我下炕从碗柜子里拽出两瓶黑字大曲,他一瓶我一瓶,划拳或者捣杠子,几三下,就把他放翻了。哼,人轻栽跟头,狗轻挨砖头,轻狂啥的呢。"

趣人说:"噢哟,歪得很,歪得很。不过,我们房子里的,可把这东西都给我省下了,我到可可托海挖矿石,三年没回来,灌下的一笼子散酒,连盖盖子都未动过,她不要说抿上一口,就闻着那个气道子,晕得栽跟头扶马勺的。可她喜欢我喝酒,你说日怪不日怪,你猜为啥呢,尖得很,她是日晃地哄我干活呢。我这人,怪求得很,别人喝上上头呢,我喝上生力气呢。交公粮,粮仓里那么高的粮垛,望着都腿软呢,知道的人,就去铺子里整来一瓶子黑字大曲,孺给我,就要看我的笑声呢,怪得很,只要整上几口,就觉得那力气簌簌地从里往外蹿,都能听着响声呢,那时候虽然四五十岁了,照样跟小伙子拼趟子,那100公斤的粮食口袋架在肩上,轻飘飘地上了粮垛了。"

央歌说:"你婆姨就那么尿吗,早知道的话,我给你当婆姨,那才歹呢,看谁能喝过谁?"

趣人说:"娶个不会喝酒的也好,一个喝一个看,那才有意思呢。我喝醉了,也有个扶侍的人,如果我们两个在一起,都喝醉了咋办,那会闹出人命来呢,是吧?"

趣人说一阵就要闷上一口,他刚把酒瓶对到嘴上,也因为酒剩一瓶底底了,得把瓶子仰起来,孺到嘴里,可巧碰上一个倒窝,车一蹾,哐当一下,震得把酒都灌进了嗓喉咙眼子,还险些把对凑些的老门牙磕掉一块子。

"啊呀,我的好车户哥呢,你得赔我的牙啊。"

驾驶员忙说:"对不起,对不起,光听你的酒话呢,没留心,碰上了个歹倒窝。"

趣人接着和央歌喧话,他说:"五黄六月里割麦子可是个要考成的活儿,我们房子里的早早把黑字大曲买的存下了,我去地里割麦,她在家里打腰子做饭,赶到小晌午子了,她要给我送腰食,提上一罐米汤,拿上几个刀把子(馍馍),再就是一瓶黑字大曲。她瞅识着,我喝上半瓶烧娃子,她就笑盈盈地放心地走了,我的劲儿来了。你说,我能不给人家拼上力气干行吗?"

央歌问:"听说你这次是给队上出差的,啥事情还神神秘秘的?"

趣人神经质地当下把声音放低了些,他说:"你可知道今年我们队上咋么获得丰收的吗?"

央歌说:"不知道。"

趣人说:"那是我们修好了渠道,水上没吃亏,你知道修渠的水泥咋么来的吗?"

央歌说:"不知道。"

趣人说:"那是一个贵人帮助了我们。"

央歌问:"谁呀。"

趣人说:"说起来话长了,我那时候在戈壁上看窝铺,当权派都整下来劳动改造,州水利局的弓局长下放到我们队的戈壁,由我监督改造。监督个屁呢,弓局长是个喝家子,对上我的板了,你别看他萎的呢,造反派只许他规规矩矩,不许他乱说乱动,可人家是骆驼卧下的,地盘子大得很呢,隔三岔五地弄来些酒,我俩就挖对本子。"

央歌问:"后来呢?"

趣人说:"后来他官复原职,弓局长是个有良心的人。"

央歌说:"良心?良心是个啥东西,'文革'中我可见了一些吃人肉不吐骨头的家伙。"

趣人说:"你说的是'文革',我说的是现在。"

央歌说:"现在也一样,一当上官就五王八虎的,见了老百姓就没有个好脸面、好言语。"

趣人说:"弓局长不是那种人,他在戈壁上虽然时间不长,他整天里调查、思谋,看到黑蒿子戈壁种出的麦子粒大籽饱,出粉率高,吃起来香,而且能成为亚运会的特供面粉,他便拨给我们水泥、资金,平整土地,修渠制闸,使我们获得了丰收,能说没有良心吗?"

趣人越说声越高,越说越兴奋,把全车人都说醒了,有的人还鼓起掌来。

央歌问:"你这次出差是?"

趣人压低声音说:"队上为了感谢弓局长,过冬了,特意宰了个二齿子羯羊娃子。你知道的,咱们这里的羊群,夏牧场进山吃各种药草,翻到后山吃酥油草,喝的是天山矿泉水,冬天下戈壁吃咸草,舔雪花水,不要说肉有多香,人们还把羊粪蛋儿叫天王补心丹,把羊尿称作口服液呢。你说,再送个啥呢,也就这咱们自己养的土特产贵气些。队长、支书说,怕他们送去,弓局长不收,让我凭着老关系,跑一趟。哼,今天去,少不了还得整一场子,嘿嘿。"由于趣人酒喝多了,说着说着声音就又高起来了,你想,一瓶子黑字大曲灌下去了,加上车的摇晃,慢慢地发作了,眼睛有了些迷瞪。

说不罢,头屯河到了!趣人上车时就安顿驾驶员,头屯河到了他要下车,因为前面就是弓局长家。

趣人要下车,车站住了,他走起路来明显有些不稳,驾驶员要扶他下车,他把身子拧得个切切子,不让扶。驾驶员要下车帮他取东西,他说啥也不让,还把驾驶员堵到车上,不让下车。央歌说:"他要争呢,就那个脾气,没事,他在我们队上,经常醉酒,走起路来,退一步进两步的,从来不让人扶,是一颗老争皮子瓜,半夜里喝醉酒也能摸回家去。"

趣人在车下大声野气地说:"车户,走吧!"

驾驶员说:"口袋拿下来了吗?"

趣人说:"拿下来了。"

驾驶员说:"可不要拿错了。"

趣人说:"不会错的。"

驾驶员问:"舱门关上了吗?"

趣人说:"关上了。"

驾驶员说:"再见。"

趣人说:"再见。"

车启动了,大家七嘴八舌地议论着,说:"真是个好老汉,喝了那么多酒,还不见咋醉,活得旺势。"

车到站了,取东西的人打开行李舱,有人喊开了:"哎!我的洋芋口袋咋不见了!"

驾驶员说:"那不是吗?"

那人说:"那不是我的口袋。"

"打开看看!"

打开口袋一看,原来是一口袋肉。

一车人笑倒了半车……

月朦胧

"把他家的!"这人倒开霉了,喝凉水都崩掉牙呢,放个屁砸疼脚后跟呢,半路上拾了个驴鞍子,把人兴得捂着嘴偷地笑呢,闹了半天,你猜咋的,却原来是自己的驴鞍子,把驴脊背磨得血尸糊拉的,险些把一车煤撂到半道上。这一下子把人丢大了,自己的拳头朝自己的眼窝擩了一家伙,羞得人没脸见人了。

冬天的夜,朝尻子的寒风,全身上下就跟没穿衣裳似的,冻得人打战呢。那带铁瓦的车,碾在雪路上,就像胳肢了姑娘们的胳老洼(腋窝)一样,嘎嘎嘎的,笑得拧肠子呢。一沙沙月光,照在走北山煤矿的雪路上,前不见头后不见尾的拉煤车,在沙塄上起起伏伏地摇晃着。

这条路少说也有一百多公里,沙窝沿子住的农民,冬天闲着,就招呼上一块儿去拉煤。他们拉煤是用一家一户的毛驴车,一趟拉上一吨,拉上两趟就挨过冬去了。

独庄子住的任瘸子,是个讨人嫌的角色,大家都不愿意跟他一块儿上路,可你还甩不掉他,不论你白天上路还是黑里个(夜间)动身,他都警醒得很。有一次,阿不都想使个怪,悄悄串通大家半夜里动身,十多辆驴车不动声色地叱过了头道沙窝,夜里黑顿麻糊的,人眼好像蒙着一块纱,三步之外啥也看不清楚,心想,这阵被甩的任瘸子正气得骂人呢。可是,到了泉沟腰站子,任瘸子猴势势地蹲在热窝铺里在等他们的呢。阿不都开玩笑说:"哎,老任,你是个鬼。"任瘸子唻唻唻地笑呢。

任瘸子讨人嫌,不是那种蛮横不讲理的人,他就是眼睛小,只知往里刨不知往外出。那时候,农村每年一到冬天,就派工作组整社呢,在一次整社群众会上,任瘸子由于在场上扬麦子时,用胶皮靴子往家里转粮食,工作组抓了他的小偷小摸,开了他的批判会。

任瘸子的把家治业是上了档次的,没人不佩服。他在离人家远一点的地方新盖了一院房子,虽然是土房土院子,可他把院子打扫得地上见不着一个柴皮子,各项用具,啥是啥的地方,整整齐齐,井井有条。有心人还观察到,他家院门边立着一把芨芨栽的扫帚,他出门时,审视一阵,把扫帚挪到右手,办完事回来进门时,再审视一阵,又把扫帚挪到左手,再出门时,又觉得不合心意,又挪到右手,就这样不知折腾了多少次。他也许是无意识的,但可以看出,他的心劲儿有多大啊。

任瘸子原来不瘸,为这事还留下个歌叶子呢,"任小心,任细心,临完了做了个错事情"。说的就是任瘸子的来历。是这样的,有一年,队上来了个卖瓜的瓜车,大家都来买瓜,瓜是随意挑的,其他社员有买一麻袋的,有买一筐子的,买好称好掏了钱都走了,唯有老任蹲到车扬尾子上,像给瓜号脉似的,拿上了,放下了,又拿上了,又放下了,半日子没挑上几个瓜,卖瓜的主儿牙长了半截子,但碍于情面,没有说话。可是套辕的骡子,由于老任的重量压在车尾上,车扬起,骡子吊得难受,就往前一走,老任没站稳,向后仰倒,而腿踩空跷在了后扬尾子里,咯吧一声,腿杆子跷折了,从此成了瘸子,也留下了那个警示人的歌叶子。

老任也有长处,他爱收拾东西,像个拾破烂似的,人们丢弃的破铜烂铁、绳头子、柴棍子,他只要见到,都拾回来,码在墙根里,大堆大拐的。一九五八年北山大炼钢铁,人们吃的是不掏钱的饭食,糟蹋得不成样子,吃剩的刀把子(馍馍)随手一撂,老任觉得怪可惜的,便见着就拾,赶收兵回营的时候,他拾下了五麻袋,队上用车拉回来,放在了库房里,第二年就遇上了灾荒年,口里逃荒来的难民,派上了大用场,直到现在还念他的好呢。

咱还是回过头来,说去北山拉煤的事吧。

住沙窝沿子的人家,按说离北山煤窑最近,可毛驴车拉一趟煤也得两夜一天。去的时候,空车,又是个下脚子路,吆快点,一晚上就赶到了,进煤宫装车用上半天,办完手续,出宫上神仙坡又得半天,赶到鸡心疙瘩天就黑了,得走夜路。重车走夜路,又是上脚子路,就要看驴的本事了,就要看车的本事了,一般一车装八九百公斤,就不错了,也有装一吨的,比如任瘸子,他仗着车新驴壮,就装得实在一些。

鸡心疙瘩是个站口,有古人在梁坡上挖的窑洞,拉煤的车到这儿,都要停下,将篙棒支在车辕上,辕驴就可以背不负重地得以休息。再者,由于装车的时候,为了赶时间,抓把手快地装些好煤,装些大块儿煤,可能把车头装重了,或者装轻了,这时可以再做调整——就是以车轴为中心,轴前轴后两者要装匀势。不过,还要看是上坡路还是下坡路,若是上坡路,就要将车头装重些,若是下坡路,则要装轻些,这是一般的常识,凡是吆车的车户都懂的。

在煤宫里装车,一块儿来的人都是互相帮着装车,一个在车下,一个在车上,装好了你的再装我的。任瘸子不这样,他一向吃独食吃惯了,能不和人染的他一概不染,他身上装上一两盒如双鱼牌一样的便宜香烟,车到煤宫后,瞅准哪个嗜烟如命的煤黑子,擩给一包,就把事情办了。

可也有办砸的时候,有一次,正装车呢,煤矿的宫长下宫来检查工作,见煤黑子不挖煤,给别人装车捞外快,一声断喝,那煤黑子吓得跑走了,把老任立立闪下了,其他人都已装好车准备出宫呢,任瘸子还在满头大汗地,车上一下地上一下地在装车。大家看他可怜,再说,都是一块儿来的,总不能把他一个人撂下不管吧,只好七手八脚地帮他装好车。你挖苦他也好,说风凉话也好,这人好脾气,只是笑嘻嘻的不言传。

鸡心疙瘩过来,就是红土塘了,红土塘走不上十里,就到空壳郎梁了,这一路地势较平,驴走得快,吆车的人都可以把半个屁股跨在车辕上带带脚,这是前半夜。任瘸子这家伙,算计的到,他的车不走前,也不走后,他就走在当当间。走前了,因为夜黑,月光似有似无的,朦朦胧胧,若遇上倒窝或有啥挡挂,容易出故障,不安全。

若走后了,一旦车胎爆了,前面车走得快,喊不着,那不就抓瞎了吗,所以他选择走在中间。

在过二道沙窝的时候,那阵天还不是很黑,远远看到,路边放着一块煤,估计差不多有五六十公斤呢,大家也都知道,那肯定是哪个汽车或拖拉机上甩下来的,都没在乎,就走过来了。而任瘸子对这块煤动心了,他心想,这北山煤窑的路都走过来一半了,这个便宜不拾,还等啥呢。拉过煤的人都知道,煤这东西还有个怪脾气呢,在煤宫里,抃一块煤不算啥,轻轻地就抃上车了,出了宫,同样是那一块煤,抃起来死重死重的。任瘸子面对那一块煤,五六十公斤呢,就动起了脑筋,请别人帮忙,很不好意思,说不出口,自个儿抃,有点力不胜任,要么算了,他又不舍。最后,他扔了皮袄,费了九牛二虎之力,总算把那块煤抃到了车上,他望着获得的成果,觉得有一种莫名的自豪感鼓荡在胸中,一个快交六十的人了,还有这把子力气,连他自己都没有想到。

他没想到的是,那块拾来的煤,由于装后了,车的重量失去了平衡,车头有点轻了,遇到上坡时,车头犯轻,这就为驴鞍子坠地埋下了伏笔。

又走了十里路的光景,任瘸子由于贪搬那块煤,后面的车都扇到了头前,他落在了后面,紧赶慢赶才赶上,已经来到了头道沙窝。这里的路不太平坦,一道沙塄一道沟,煤车走走停停。这阵,天快破晓了,吆车的人都紧把着车辕,有时上坡,还要帮驴出点力,有时下陡坡了,还要老腰弯上帮驴坐坡。

早开的苹果花

老任正走之间,突然脚底下被什么东西绊了一下,他低头一看,嘿!是一盘崭新的驴鞍子,他好不高兴啊,今天的好事都叫他对上了。他怕别人看见,车上都装的煤,又没处藏,他狠着心从车中间掏出一小块煤,掏出个窝窝,把驴鞍子擩了进去。他心想,啥叫运气,这就叫运气,他的心里简直乐开了花。

出了头道沙窝,天已经大亮了,已能望见沙窝沿子了,早起的人家,已见炊烟袅袅,鼻子尖一些的,都能闻到婆姨们鸡蛋炒韭菜的香味了。大家都把车停下,抽烟的抽烟,放水的放水,任瘸子去一个沙堆前撒尿。阿不都转过来想抽烟对个火,他瞥眼一看,看到了老任的辕驴背上没鞍子,驴脊背已被皮盘磨得血尸糊拉的了。

阿不都喊道:"哎!老任,你的驴上咋没备鞍子啊,看把驴脊背整得血尸糊拉的。"

老任一听,脑子嗡地一下,正在撒尿的裤子掉到腿岚弯里,愣兮兮地,都不知道了。